Sonya
ソーニャ文庫

新月の契《ちぎ》り

鳴海澪

イースト・プレス

contents

プロローグ

「お父さま！」

見知らぬ兵士に取り囲まれた父王オルハンは、驚愕《きょうがく》と憤怒《ふんぬ》で形相《ぎょうそう》が変わっていた。それは、ロッカラーナのよく知る穏やかな父のいつもの表情からはかけ離れたものだった。

ロッカラーナは衣を乱しながら必死に手を伸ばす。

だが、彼女の指が届く前に、父の臣下《しんか》であるはずのハサンがその腹を抉《えぐ》った。

「……ぐっ……ハサン……何故《なぜ》だ……」

己の右腕としていたハサンの裏切りにオルハンは目を剝《む》きながら、抉られた腹を押さえる。

腹から噴き出る血が、イドリーサンザの王宮の美しい白い床を赤く染めていく。

やがて、仁王《におう》立ちしていたオルハンの身体が崩《くず》れ、血溜《ちだ》まりの中に膝《ひざ》をついた。

立ちあがろうともがく指が己の血で汚れた床をかきむしる。

「いや――っ！　お父さま!!」

「ハサン！　何をするのです！」

ロッカラーナの叫びとともに后《きさき》のミーラーンが声をあげて、夫であり王であるオルハンに駆け寄ろうとした。けれどそれもまた、兵士たちが無情《むじょう》にも押しとどめる。

「放しなさい！　これはイドリーサンザ王妃の命令です！」

美しい顔に侮蔑《ぶべつ》をのせたミーラーンが凛《りん》とした声をあげると、兵士たちがたじろいだ。

だがハサンは自国の王妃であるミーラーンに、血濡れた剣を平然と突きつける。

「もう、終わりです。ミーラーンさま。この国は私、ハサンがいただきます」

反乱――。

ロッカラーナは自分を抱き寄せた母に縋《すが》り、運命が暗転する気配に震えた。

1　高貴な陵辱《りょうじょく》

今度は何事だろう。

ファティマナザ国の王、ムスタンシルの側に控えた王弟アルマンスールは、玉座の前に進み出た男に嫌な予感がよぎった。

そびえ立つ三つの塔からなるファティマナザ王宮一の広さを誇《ほこ》る謁見《えっけん》の間の円蓋天井《えんがいてんじょう》は見あげるほど高く、三段重ねの豪華《ごうか》なシャンデリアは明かりがともらなくても、煌《きら》びやかに輝いている。鮮《あざ》やかな青と白のタイルで精緻《せいち》な幾何学模様《きかがくもよう》を描《えが》いた壁は、王が醸《かも》し出す雰囲気《ふんいき》とは真逆の清廉《せいれん》さを持っていた。

そんな美しい広間に現れた男は、王宮には不似合いなほど卑近《ひきん》な俗物《ぞくぶつ》に見える。これ見よがしに派手な刺繍《ししゅう》を入れた紫紺《しこん》の衣に包まれたがっちりした体つきと、得意そうな顔に見覚えはない。だがファティマナザの王に謁見を許されるならば、それなりの地位にある者だろう。

「ご苦労だったな、ハサン」

首座《しゅざ》と呼ばれる一段高い場所から、ムスタンシルが満面《まんめん》の笑みで、第一声を放《はな》った。

「はっ、ムスタンシル王。王のお力添えで、私は無事、ことをなし得ました。例の貢《みつ》ぎものも間違いなく――」

ことをなし得た、貢ぎもの――いったい何をしたのだ。

アルマンスールは激しい胸騒ぎを覚える。

ムスタンシルがまともなことに手を貸すとは思えない。

王座に就《つ》いてからの暴政《ぼうせい》は目にあまり、父で前王のシャイバーンが築《きず》きあげた、ファティマナザの栄光に翳《かげ》りを落としているのだ。

アルマンスールと同じく不安な面《おも》持ちの臣下に取り囲まれて、それでも上機嫌のムスタンシルは「誰か、酒を」と命じる。

程なく運ばれてきた金色の杯《はい》に、ムスタンシルは嵌《は》めていた細工物の指輪を落とし入れた。

その行為に、アルマンスールは理由がはっきりしないまま、足元から禍々《まがまが》しい雰囲気が這《は》い上がってくるのを感じる。

だがアルマンスールが見つめる前で、ムスタンシルがハサンという男を手招《てまね》いた。

「祝いの酒だ、まず飲め」

玉座に近づいたハサンは、差し出された杯を受け取り、一気に呷《あお》った。

「どうだ？　勝利の美酒は」

「まことに結構――ぐっ……」

奇妙な声を発したハサンは途端に首を押さえて呻《うめ》き始め、喉《のど》をかきむしった。

「毒《どく》……ム……騙《だま》し……」

そのまま崩《くず》れ落ち、身にまとった衣の色のように顔が紫色に変わっていくハサンを、ムスタンシルはじっと見下ろす。

「な……ん……」

振り絞った最後の声は言葉にはならなかった。信じられないという顔のまま、ハサンは事切《ことき》れる。

誰もが無言になる中、事切れたハサンの身体をムスタンシルは足蹴《あしげ》にして床に転がした。

「用済みだ。片付けておけ」

目の前で繰り広げられた惨《むご》い場面に青ざめた兵士たちが、ここから逃れたいと言わんばかりの勢いで、王の命に従って飛び出した。

瞬《またた》く間にハサンの亡骸《なきがら》は目の前から消え、今の出来事が嘘のように辺りが静まりかえる。

けれど記憶に焼き付けられたものは消えない。

ハサンという男が何者で、何をしたのかはわからない。だが人の命を弄《もてあそ》ぶようなムスタンシル王のやり方では、民も国も荒廃《こうはい》していく。

次はいったい何が起きるのか。今日の謁見の予定はまだ終わっていない。これ以上のことが起きなければいいがと思いながら、アルマンスールは、ファティマナザの行く末を思い、暗澹《あんたん》たる気持ちになった。

黒雲《こくうん》のように湧き起こる不安をぬぐい去れないうちに、二人の兵士が一人の女を王の面前に引きずってくる。

アルマンスールは両の目を瞠《みは》って、ムスタンシルの前に兵士が平伏させた女を見た。

「ムスタンシルさま、ハサンとのお約束のものを連れて参りました」

鎖帷子《くさりかたびら》姿の兵士が深々と頭を下げると、ムスタンシルが「うむ」ともったいぶって頷《うなず》く。

権力を誇示《こじ》するために作らせた、黄金ばりの椅子に腰をおろしていたムスタンシルは、余裕を感じさせる口調とは裏腹に、期待に満ちた顔で身を乗り出した。

『例の貢ぎものも間違いなく』とハサンが言っていたのは、この女のことらしい。

王の横に控えているアルマンスールはこみあげる不快な思いを抑え込んで、王の前に転がされた女の様子を窺《うかが》った。

兵士に担がれてきた女はさんざん抵抗したようだ。

緩やかで優雅な仕立ての朱色のアンテリは、あちこち裂けて汚れていた。アンテリはどんな身分の女でも着る。それでもこの娘の衣の袖口《そでぐち》や裾《すそ》にほどこされた刺繍やレースは手の込んだ見事なもので、平民が身につけられるようなものではない。

また貴族の女を連れてきたのだろうか。

王の漁色《ぎょしょく》を怖れた貴族たちは、娘を屋敷の奥深くに隠したり、国外に逃がしたりしているると聞くが、運悪くこの娘は逃げ切れなかったらしい――アルマンスールは兄王にわからないように唇を歪《ゆが》めた。

ゴミのように床に投げ出された女は、兵士に投げ置かれた姿勢のまま動かない。

もしかしたら気を失っているのかもしれない。

アルマンスールは床にくずおれている女を、じっと見つめた。

腰まである艶やかな黒髪、顔まではわからないが、アンテリの緩い袖口から覗く手首は頼りないほど細い。アンテリの下に穿《は》いたボトムのシャルワールから覗く足首も、労働したことがないように華奢《きゃしゃ》で、まだ少女のようだ。

息をしているのかさえ不確かな女の様子に、アルマンスールは内心、苦々しい思いを抑えきれなかった。

一国の王が女を攫《さら》っている場合なのか。

民の規範《きはん》になり自らを律《りっ》しなければならない王が、他人をいいように利用したり貢ぎものを要求したりするとは、愚《おろ》かすぎる。

けれどムスタンシルは権力を貪《むさぼ》るために王になったのだ。国を自分の遊び場としか考えていない王にとり、民は自分の駒《こま》で、臣下の命など自分が楽しむための遊び道具でしかない。

アルマンスールの腹の中に冷たい諦《あきら》めが溜《た》まっていく。

ファティマナザ国は大国とはいえ、広大な大陸の一部を支配しているにすぎず、割拠《かっきょ》する群雄《ぐんゆう》が、虎視眈々《こしたんたん》と互《たが》いの領地を狙《ねら》っている。

熱く乾《かわ》き、不毛《ふもう》な地域も多い中、より条件の良い場所を求めて争いが絶えない。その中でファティマナザは、アルマンスールとムスタンシルの父である前王シャイバーンが、辣《らつ》腕《わん》を振るって、大陸で一、二を争う国にのし上げた。

シャイバーンは独断専行君主ではあったが、無能ではなかった。政《まつりごと》に関しては倫理《りんり》と信念を持ち、揺るぎない指導者だった。

国を潤《うるお》すことに力を注ぎつつ、周囲の国々とも友好関係を築き、余計な血を流さなかった。民の命を守ることが王の義務だと理解し、極力《きょくりょく》戦いを避けながら、この地に確固《かっこ》とした基盤《きばん》を築いた。

それがどうだろう。ムスタンシルが王座に就いてからは、毎日が意味のない戦《いくさ》と言ってもいい。

まず、潤沢《じゅんたく》にある資金にまかせて集めた兵士たちで、他国の征圧《せいあつ》を始めた。無意味な侵略を繰り返し、従わない男たちを皆殺しにし、女を略奪してくる。気に入った女は後宮に入れ、残った女は手柄《てがら》として兵士に投げ与える。

前王が腐心《ふしん》して同盟を結んだ国には手のひらを返して攻め入り、相手が呆然《ぼうぜん》としている間に欲望のままに貪っているのだ。

先ほどのハサンという男もムスタンシルに踊らされた一人だろう。

まるで畜生《ちくしょう》の仕業《しわざ》だ——アルマンスールは胸のむかつきを呑《の》み込みきれないでいた。

後宮には顔を覚えられないくらい大勢の女たちが、生き残るために、毎夜王の気を惹《ひ》こうとひしめき合い、行き場のない媚《こび》でむせ返っている。

また今日もこうして、貢ぎものという名目で女を要求したところをみると、あれでは足りないらしい。

父王も後宮は王の権威の一つとして考え、それなりに女たちを置いていたが、ムスタンシルの女への欲望と権力への執着《しゅうちゃく》は異常だ。

こんなことがいつまでも続くわけがない。いつか国が揺らぐ。

大国を治めるのに必要なのは、武力と知力、そして外交手腕、さらに人心を掌握するカリスマ性だ。ムスタンシルにはまったくその才も先見《せんけん》の明《めい》もない。手にした権力に溺《おぼ》れ、獣じみた自分の欲求を満たすことにうつつを抜かしている。

王として、あまりに愚かだ。

けれどアルマンスールは、ただじっと、ことの成り行きを見守るしかない。

弟とはいえ、王族の第一夫人から生まれた正式な後継者であるムスタンシルと、後宮仕えの平民の女から生まれた、妾腹《しょうふく》のアルマンスールではもともとの立場が違う。

別にほしくもなかった王位継承権第二位の地位があるばかりに、幼い頃からアルマンスールは、ムスタンシルとその母親、そして彼らの取り巻きに罠《わな》を仕掛けられ続けていた。

最初は、身分の低い女の息子への軽い牽制《けんせい》のつもりだったのかもしれない。美貌《びぼう》だけが取り柄《え》の母が王の寵愛《ちょうあい》を受けている嫉妬《しっと》もあったのだろう。

王位継承権第一位であり、血筋も申し分のないムスタンシルに、父は王位を譲るつもりでいたし、それに相応《ふさわ》しい教育もされた。

だが、長《ちょう》ずるに及《およ》んではっきりしてきたムスタンシルの資質に、父が疑問を抱いた。

好奇心や冒険心として見過ごされてきた性質は、大人の理性を備《そな》える年齢になってもそのまま残り、知恵がついた分だけ悪辣《あくらつ》さを帯びた。冷静というよりも冷酷で、残忍《ざんにん》な気質。

弱い者や身分の低い者を意味もなくいたぶる加虐《かぎゃく》的な振る舞い。

自分が手にしている権力を、己の腹を満たすためだけに使おうとする我欲《がよく》。

——ムスタンシル……あれは私の息子だが、王の器《うつわ》ではない。

腹心《ふくしん》の部下にシャイバーンはそう告げ、その頃にはもう、周囲の評価が高かったアルマンスールに目をつけていた。

すらりとした長身に、知性を感じさせる漆黒の瞳が印象的な、人目を引く秀麗《しゅうれい》な容姿に恵まれた息子。ムスタンシルより五歳も年が下だが、はるかに冷静沈着な振る舞いを見せる。加えて家庭教師が舌を巻くほどの頭の良さ。

馬に乗れば巧《たく》みに操り、嶮《けわ》しい山も崖《がけ》も四つ脚《あし》のまま越える。剣を持たせれば子どもながら百戦錬磨《ひゃくせんれんま》の兵士のように操り、その凛々しいさまは、軍神がこの世に現れたような錯覚と畏怖《いふ》を見る者に思い起こさせた。

猛々《たけだけ》しい顔立ちに狡猾《こうかつ》さが覗く第一王子より、第二継承権を持つアルマンスールが後継者に相応しい、父がそう考えるのに時間はかからなかった。

だがそのときからあからさまにアルマンスールは腹違いの兄に命を狙われるようになり、毎日を生き抜くのに全てをかけることになった。

ふいに、アルマンスールの頭の中に、ある人から命がけで託《たく》された願いが今も聞こえてくる。

――つまらない争いに巻き込まれずに、あなたは生きてちょうだい。ただそれだけを約束して。

その言葉を守るために、アルマンスールはどんな形であっても生きることだけを自分に課《か》し、ムスタンシルが王になり傍若無人《ぼうじゃくぶじん》に振る舞っても、忠告も助言もしなかった。

兵を率《ひき》いても、軍神などと言われることに昂《たか》ぶりは覚えない。ただ生きていくための仕事と割り切って、求められた働きをするだけだ。

ムスタンシルは兄ではなく、独裁者。逆らうことは自分の死を意味する。

ひたすら自分の思いを押し殺し、アルマンスールは表情を消して、ことの成り行きを見守った。

「顔をあげろ」

息を呑んで周囲が見守る中、ムスタンシルが楽しげな声で命じる。

彼の、熊のように大きく肉の厚い身体は、身幅をたっぷりと取ったカフタンという長衣で、足まで包まれている。

日中は強い日差しがぎらつくこの大地に相応しい機能を備えた衣で、控える男たちも皆、カフタンをまとっている。だがムスタンシルのそれは、金糸がふんだんに織り込まれた、自分を誇示するための贅沢品《ぜいたく》だ。頭に被ったターバンにも宝石と羽根飾りをつけ、他の人間と違うことを見せつけている。

金ばりの椅子に金の衣の輝きで矮小《わいしょう》さを覆い隠すムスタンシルは、舌なめずりをせんばかりの表情だ。生殺与奪《せいさつよだつ》の権利を手中にしたときのムスタンシルは、弱った獲物をいたぶる肉食獣のように喉を鳴らす。

けれど、実際の獣は必要のない殺生はしない。生きるために獲物を貪る獣よりも、ムスタンシルのほうがはるかに下等だ。

アルマンスールは苦々しい気持ちで、蹲《うずくま》った女の様子を窺う。

王の呼びかけにも、女は顔をあげない。

やはり意識がないのだろうか。

華奢な身体で相当抵抗した跡があるものの、突然の暴力に耐えられるはずもなかっただろう。

内心の思いを隠すアルマンスールの前で、王は女を連れてきた兵士に指を突きつけた。

「顔をあげさせろ」

「御意《ぎょい》」と深く頭を下げた兵士が女の横に膝をつく。左手で肩を掴んで娘の上半身を引き上げると、右手で長い髪を鷲掴《わしづか》みながらムスタンシルのほうへ顔を向けさせた。

乱暴に扱われた衝撃《しょうげき》で、小さな白い顔が揺れ、瞼《まぶた》が開く。

完璧な形の瞳は、澄み切った貴石《きせき》めく翠《みどり》色だった。

「ほう……」

ムスタンシルが感嘆《かんたん》を洩《も》らし、アルマンスールも無言で息を呑む。

咲きたての大輪の薔薇《ばら》を思わせる面《おも》立《だ》ちは、女の外見などに心を動かされないアルマンスールでさえ、はっとする。まだ少女から抜け出たばかりのような年頃だが、一度見れば忘れないほど際立った顔立ちをしていた。

滑《なめ》らかな白い額《ひたい》、完璧な弧を描く眉《まゆ》に大きな瞳。真《ま》っ直《す》ぐな鼻筋から続くふっくらとした唇は色を失っているものの、美しさは疑いようがない。

だがアルマンスールの心を動かしたのは顔立ちの美しさではなく、その両の瞳に宿る、意志の強さだった。

深い翠の瞳から放たれる視線に怯《おび》えはなく、激しい怒りと憎しみ、そして読み違えようもない軽蔑《けいべつ》が溢れている。

理不尽《りふじん》なことをされれば、誰でも怒る。人として当たり前の感情であり、相手を責めるのも当然だ。けれどそれを仕掛けた相手が王だとわかった瞬間に、怒りは消え、怯えだけが残る。女ならば感情の全てを媚に切り替える者すらいる。生きるためには王に気に入られるしかないのだ。

王座に就いてさほど経《た》たないというのに、ムスタンシルの横暴さは国内だけでなく、近隣諸国にも有名だ。

ファティマナザの王の手に落ちたら、逆らわずに命を守れ――。

屈強な男たちでさえそう言い交わしているというのに、この少女はムスタンシルの怖ろしさを知らないのだろうか。

成り行きを見守るアルマンスールの視線の先、兵士に拘束されたまま、黄金の玉座に座るムスタンシルを彼女は睨《にら》みつけている。

怒りに燃えてはいるものの、怖いもの知らずという無謀《むぼう》さではなく、自らの立場をわかっているような知性が見える。いったいこの女はどういう人間だろう。

アルマンスールはどんな理由であれ、兄王が関心を抱く人間に、心を動かさないと決めている。なのに、奇妙なほどこの娘に心が揺れた。

死ぬことが怖くないのか。

生きたいとは思わないのか。

これまでムスタンシルの足元に跪《ひざまず》き、その足の指にキスをする数多《あまた》の猛者《もさ》を見てきたアルマンスールは、娘の態度が奇異《きい》に見える。

だがムスタンシルは娘の鋭い視線を受け止めて、笑みを深くした。

「なるほど、これは美しい。噂《うわさ》どおり……、いや、噂以上だな」

娘は王の感嘆の言葉にも表情を変えない。しかしムスタンシルは自分の獲物の気持ちなどに忖度《そんたく》しない。

さらに身を乗り出し、娘の顔を舐《な》めるように見ながら、言葉を続ける。

「イドリーサンザの翠玉《すいぎょく》と言われるのも伊達《だて》ではないな。ロッカラーナ王女よ」

ムスタンシルが口にした言葉にアルマンスールの身体に緊張が走る。

まさかこの娘はイドリーサンザ国の王女なのか。

黒い目を再び瞠り、アルマンスールは新たな思いで娘を眺《なが》めた。

朱色のアンテリは、汚れてはいても艶のある絹《きぬ》で作られていて、幅広の袖や裾にほどこされた金糸の刺繍は手が込んでいる。瞳の色と同じエメラルドの首飾りも、ルビーの耳飾りも惜《お》しみなく貴石を使った高価なものだ。

確かに身分と財力のある者の身なりだが、まさかイドリーサンザ国の王女だとは考えてもみなかった。

アルマンスールは華奢な娘の、怒りに満ちた美しい顔を見ながら考えを巡《めぐ》らす。

もしこの娘がイドリーサンザのロッカラーナ王女ならば、この間十八歳になったばかりのはずだ。

彼女の父王オルハンとその后ミーラーンが掌中《しょうちゅう》の珠《たま》と慈《いつく》しみ、エメラルドに似た美しい翠の瞳から「イドリーサンザの翠玉」とも呼ばれて国民からも愛でられる王女のために、盛大な祝いが催《もよお》されたと聞いている。

いったいどんな理由でロッカラーナ王女がここにいるのか。

イドリーサンザ国はファティマナザの隣に位置し、国力は拮抗《きっこう》している。

シャイバーンが王位にあるときに、争うことは互いの利にならないと判断し、同盟を結んだ。

イドリーサンザのオルハン王は融和《ゆうわ》的な人物で、ファティマナザと共栄共存することに異論はなく、いい距離を保ちながら互いの国を統治していたはずだ。利益の共有と平和を約束する同盟契約は、王が替わったといっても安易《あんい》に反故《ほご》にできるものではない。

いったいムスタンシルは何をしたのか。

ファティマナザが突然に攻め入ってくることなどないと信じていたイドリーサンザへ、何を仕掛けたのか。裏切ったのならば国同士のあり方として許されることではない。

いや、もしかしたら、イドリーサンザに内紛が起きて、援軍を送ったのだろうか——アルマンスールは希望的な想像をする。

だが目の前にいるイドリーサンザ国の王女の表情が、そんな甘い予想を打ち砕《くだ》く。

「美しい顔には笑顔が似合うぞ、ロッカラーナ王女よ」

ムスタンシルの言葉に、翠色の瞳が赤く見えるほど、怒りの色が濃くなる。花の蕾《つぼみ》のような唇は引き結ばれて、答えることを拒絶していた。

「ご機嫌《きげん》が悪いようだが、王女よ。ファティマナザの王、ムスタンシルの面前であることを忘れているわけではないだろうな？　それともイドリーサンザ国では挨拶《あいさつ》の仕方を教えないのか？」

あくまで上に立つ余裕の口調でムスタンシルがからかうと、初めて王女の唇が動いた。

「人にする挨拶は知っていても、獣にする挨拶など知りません」

美しい唇から吐き出された声は澄んだ響きだったが、軽蔑が鋭い刃となってムスタンシルへ真っ直ぐに向かう。

「ほう……獣とは聞き捨てならない。私が何をしたというのか？」

「自分の胸に手を当てればすぐにわかるでしょう」

凜とした声は相手の心臓を突き刺すように尖《とが》り、眼差しは氷柱《つらら》のように冷たく鋭い。髪と肩を摑んでいた兵士が、思わず手を放すほど、声に威厳《いげん》が漲《みなぎ》る。

身体が自由になったロッカラーナは姿勢を正し、胸を張り、頭をしゃんとあげて、虜囚《りょしゅう》らしからぬ誇りを溢れさせた。

「イドリーサンザ国で内紛が起こったというので、我が兵を差し向けたのに、酷《ひど》い言われようではないか。女に政治はわからないだろうが、もう少し考えてからものを言うようにしたほうがいいのではないか？」

イドリーサンザで内紛など、聞いたことがない。

イドリーサンザの王は進取《しんしゅ》の気質に富んではいないが、穏やかに賢く、手堅く国を治めている。内輪《うちわ》のいざこざの気配はなかった。もしあったとすれば同盟国としてファティマナザがとうに反逆者の征伐《せいばつ》に手を貸していなければならない。

アルマンスールは訝《いぶか》しく感じつつ、兄王の様子を窺う。

ムスタンシルの顔には不快《ふかい》の色が浮かび、居並ぶ臣下に不穏な空気が伝染《でんせん》していく。一度機嫌を損ねた王が、辺りかまわず当たり散らすのを知らない者はいない。

だが広間の空気が張り詰めていく中、ロッカラーナの態度は変わらない。

ムスタンシルが何か良からぬことを仕掛けたのではないかという懸念《けねん》が、アルマンスールの胸の内に抑えようもなく広がった。

ロッカラーナの言葉が、アルマンスールの考えを裏付ける。

「内紛を仕掛けたのは、そちらでしょう。ムスタンシル王」

王と呼びかけながらも敬《うやま》いの念は欠片《かけら》もない。

「お父さまの側近ハサンを騙し、脅《おど》し、あの手この手で唆《そそのか》して、主に刃を向けさせるとは、本当に薄汚《うすぎたな》いことです」

唇が少し震えるが、ロッカラーナは意志の力でそれを抑え込んだ。

「私は同盟国の王の務めとして、イドリーサンザの内紛を抑えるように手を貸しただけだ。言いがかりをつける暇《ひま》があるなら、部下に裏切られるようなオルハン王の人望のなさを恨むのが先ではないのか？」

ムスタンシルの唇が皮肉に歪む。

――用済みだ。片付けておけ。

あのハサンという男が、王の狡猾な仕掛けにのり、イドリーサンザに必要のない内紛を起こしたか。ムスタンシルなどの口車《くちぐるま》にのり、毒を飲まされ、命を落とした男への侮蔑と憐憫《れんびん》が、同時に湧く。

「イドリーサンザの王がオルハンでなくなった今、直系の王女が故国にいてもろくなことにならないだろう。ファティマナザに迎え入れるのを、感謝してほしいぐらいだぞ」

ムスタンシルの言葉にロッカラーナの目から怒りが迸《ほとばし》る。

「私の国はイドリーサンザです。たとえイドリーサンザの最後の一人になっても国と命運を共にするのが、私の義務です。おめおめと敵の手に落ちて生き延びることなど、望んではいません」

きっぱりとした口調に命乞《いのちご》いの色は微塵《みじん》もない。

アルマンスールは、ロッカラーナの言葉を信じた。澄み切った声と眼差しには自分を偽る影はない。

灼熱《しゃくねつ》のファティマナザの太陽の下に晒《さら》しても、この王女の顔に嘘の色を探すことはできないだろう。

なんと誇り高い娘だ。

この娘より八年も長く生きている自分が持っていない矜恃《きょうじ》に、アルマンスールは気圧され、激しく心が揺すぶられる。

自らの身体に流れる王族の血を嫌い、ファティマナザが滅ぼうとも自分は一向にかまわないと、アルマンスールは心のどこかで思っている。

国が崩壊《ほうかい》すれば、こんな卑小《ひしょう》な王に仕えてまで生きるという約束から解放される。むしろそんな思いすらある。

けれど目の前で理不尽な扱いを受けながらも、折れることなく振る舞う王女に、腹の奥に埋めたと思っていた熱い感情が掘り起こされた。

「ほう……口の減らない王女だ」

ムスタンシルの目に残忍な光が宿る。

怯えもせず、ひれ伏さず、媚も売らない王女に、苛立《いらだ》っているのが明らかだ。

アルマンスールはこの先に起こることが見えてきて、肝《きも》が冷える。たとえ同盟国の王女であろうと、若い娘であろうと、一旦機嫌を損ねればムスタンシルは容赦《ようしゃ》しない。

広間に居並ぶ臣下も顔色が青くなり、視線が泳いだ。

「ファティマナザの王ムスタンシルに逆らうとはいい度胸だ。死にたいのか？　ここは私に従うのが利口《りこう》というものだ」

「ファティマナザの王に従うとは、どういうことでしょうか？」

ロッカラーナの真っ直ぐな問いかけに、辺りの空気がいっそう張り詰める。

ムスタンシルが美しい王女に何を求めているか、その卑しい下心など誰もが察している。

同盟を反故にしてまでイドリーサンザがほしかったのならば、王の血を引く者は皆殺しにしているはずだ。王家の血を一滴《いってき》残したばかりに、未来に足を掬《すく》われないとも限らない。

その危険を冒してまで王女の生け捕りを命じたのは、ムスタンシルがイドリーサンザの翠玉を味わいたかったからだ。

宮廷の後宮に入れ、好きなときに好きなように、その美しさを貪るのが目的だ。

　だがロッカラーナはムスタンシルの浅ましい欲望を跳《は》ね返すように、毅然《きぜん》として答えを待った。

「……ロッカラーナ、おまえに何ができる？」

　眉を寄せたムスタンシルはもっともらしい口調をつくる。

「剣を取って、戦うことができるか？　馬に乗って山を越えられるか？　胸に手を当てて考えてみればいい」

　先ほどロッカラーナに言われた言葉をムスタンシルは唇を歪めて返す。

「女にできることは限られているぞ。料理や裁縫など王女には無理だろう……」

　唇を引き結んで、ロッカラーナはムスタンシルの唇を見つめる。

　それを王女の服従の始まりと捉《とら》えたのか、ムスタンシルは身を乗り出して、ねっとりと言葉を繋《つな》ぐ。

「何もできなくても、おまえには他の女たちをはるかにしのぐ取り柄がある。それを私の役に立てればいい」

　わかるだろう？　というようにムスタンシルはロッカラーナに笑いかけるが、王女は眉一つ動かさない。

「……おまえはあまり察しがよくないらしいな……まあそれもいい。賢《さか》しい女はときに目《め》障《ざわ》りなものだ」

ムスタンシルのわざとらしいため息に、アルマンスールは自分が辱《はずかし》めを受けた気持ちになる。

何故ロッカラーナの全身から溢れる侮蔑に気がつかないのだろうか。アルマンスールは兄王が得々《とくとく》と話し続ける姿から僅《わず》かに顔を背《そむ》けた。

「おまえは、この城で一番美しい衣をまとい、宝石をつけて、私の側にいればいい。ファティマナザの王の寵愛を受ける喜びを教えてやろう」

一瞬、裂けるようにロッカラーナの翠の両目が見開かれる。

ぐいっと白い首を反らせた王女はふっくらした唇を開くと、あろうことかムスタンシルに向かって、唾《つば》を吐いた。

跪いた姿勢からではムスタンシルの足元にも届かなかったが、ロッカラーナの激しい蔑みは伝わった。

周囲が凍りつき、満座の中で王に信じられない無礼《ぶれい》を働いた人間を押さえることすら忘れる。

怖れを知らず、激しい感情を剝き出しにして怯まない王女の姿に、一瞬誰もが魅入《みい》られた。

「王女とはいえ、おまえはまだ世間知らずだ。その年では仕方があるまい……おいおい、世間を知っていけばいい。亡くなったおまえの父に代わって、私が教えてやろう」

ムスタンシルは女一人の抗《あらが》いに一応の余裕を見せる。ここで激昂《げっこう》すれば、さすがに自分の器の小ささと、卑小さが際立つのはわかっているらしい。

「ロッカラーナ、両親を失い、国が混乱している今、おまえが冷静に物事を考えられないのも無理はなかろう。だが、それだからこそ、王女であるおまえは、正しい判断をしなければならないのだぞ。私の手助けがなくて、どうやって生きていくつもりだ」

ときどき頬を引きつらせながらも、体《てい》よく諭《さと》そうとするムスタンシルに、ロッカラーナは迷いもなく鋭く返す。

「父はあなたが手を回した裏切り者に殺されました。母も辱めを受けるのをよしとせずに、父のあとを追って自害しました。私もあとに続くことになんの怖れもありません」

ロッカラーナは翠の瞳を煌めかせた。

「先ほど私が言った言葉をお忘れですか？　あなたにひれ伏して命を助けてもらうぐらいなら、私は今ここで死にます」

凛とした声に駆け引きはなく、ロッカラーナが本当にそう望んでいることを、そこにいるもの全てが理解をした。

ムスタンシルが卑怯な手で隣国を陥《おとしい》れたことは、ここにいる誰もがわかっているのだろう。取り繕《つくろ》えないひんやりした空気が、辺りを重くする。

だがムスタンシルは、王女とはいえ、小娘一人屈伏させられないことに自ら焦《じ》れた。

「ロッカラーナ、おまえがくだらない意地を張れば、本当にイドリーサンザが滅ぶぞ。今はファティマナザの軍が内紛を抑えているが、私が手を引けばイドリーサンザの国中で暴動が起きる。王女がそんな考えなしなことを言っていいのか？」

眉間に深く皺《しわ》を寄せてたたみかけるムスタンシルに、ロッカラーナは見下す眼差しを返すのみ。

「今や私はイドリーサンザの最後の王女。その私が国を滅ぼそうとした汚い男に従って生き延びれば、国に残された民は本当に絶望します。立ちあがろうという気概《きがい》も失い、私の愛する故国はファティマナザの属国に落ちてしまうでしょう」

白い頬に赤い血が上り、華奢な身体の周囲に熱が渦《うず》巻《ま》く。

「私が最後まで王女として死ぬことが、国の誇りを守るはず。王女として、生きることよりも死ぬことが大切な時があるとするならば、それが今です！」

ロッカラーナは両手を握りしめて、誓うように一度天に視線を向け、王を真正面から見返した。

「自分の欲望を満たすためだけに権力を行使し、人の命を弄ぶ名ばかりの王に、私の気持ちも民の気持ちもわかるはずはありません。いくらでも人のためや国のために力を尽くせるのに、玩具をもらった子どもと同じ振る舞いしかなさらない。ムスタンシル王のように、力の使い方を知らない方には一生理解できません――可哀想なことと同情申し上げます。イドリーサンザと民の心は私が守ります。王も后も失ったイドリーサンザ国、最後の王女として私にはその義務があるのですから」

これが国を守っていかねばならない権力者の生き様だと、ロッカラーナはムスタンシルに見せつける。

権力を手放すときが来たら、毅然としてその運命を引き受ける。本物の王女の生き方を見せつける姿は周囲を威圧し、宮殿の空気を彼女の色に染め変える。

たった十八歳でその誇りを身につけ、義務と権利を全うする王女に、アルマンスールは心から感嘆の念を抱いた。

妾腹として虐《しいた》げられながらも、この王宮で生きていくことだけを願い、兄王の目をかいくぐることばかり考えている自分には、到底持ち得ない矜持だ。

床に跪いた姿勢でも誇らしげなロッカラーナ王女の美貌を、アルマンスールはまじまじと見つめる。

誰もが驚くほど美しいが、この王女の輝きは、顔立ちのせいではない。

内に宿る魂《たましい》の輝きが、ロッカラーナという女性を煌めかせているのだ。

アルマンスールは、何故か心の奥が引き絞られるほど痛み、臆せずにムスタンシルを見つめるロッカラーナと、彼女を睨みつける王からも視線を逸らした。

だが次の瞬間、聞こえてきた重たい金属音に、アルマンスールははっと視線を戻した。

ムスタンシルが配下に持たせていた剣をひったくり、引き抜いていたのだ。

「王！」

「ムスタンシルさま！」

「剣をお納めください、王！」

周囲が顔色を変えて声をあげるが、ムスタンシルはぎらぎらとした目つきでロッカラーナを見据えている。

さすがにこの期《ご》に及んでは、ロッカラーナを手に入れるよりも、どうしても自分に従わないこの美しい獣を切り捨てることに決めたらしい。

「そんなに命が要らないのなら、私が屠《ほふ》ってやろう。愚かな王女よ。おまえに似合いの馬鹿な両親のあとを追うがいい」

ロッカラーナはこのときを待っていたかのように両手を胸の前に組み合わせて、顔を起こす。

「イドリーサンザの王が愚かなのか、ファティマナザのムスタンシル王が愚かなのか、後世の者が明らかにしてくれるでしょう」

剣を突きつけられても顔色も変えないどころか、ロッカラーナは僅かに笑みを浮かべ、まるで今すぐ刺してくれと言うように、滑らかな白い喉を反らせた。

「……くっ」

喉の奥から呻きのようなしわがれた声を出し、ムスタンシルが剣を振り上げた。周囲の人間たちが全ての動きを止める。

「ムスタンシル王！　お待ちください！」

アルマンスールは考えるよりも先に身体が動き、剣を振り上げるムスタンシルと、跪いて刃を待つロッカラーナの間に身体を滑り込ませていた。

激昂するムスタンシルを、彼から毛嫌いされている王弟アルマンスールが遮ったことで、広間の空気が一気に凍りつく。

臣下の意見など機嫌の良いときでさえ聞かない王である。怒りに目が眩《くら》んでいる今は手負いの獣と同じだ。止めようとすればのど笛を食いちぎられる。

アルマンスールがいったいどうするつもりなのか。誰もが固唾《かたず》を呑んで見守っていた。

アルマンスールの背後で薄く息を呑んだのは、ロッカラーナ王女だろう。

だが振り返ることはできず、アルマンスールは気持ちを落ち着けながら、兄王の前に片膝をつく。

たとえ王弟の身分でも兄弟であっても、ムスタンシルはアルマンスールに配下としての振る舞いを要求する。

ファティマナザの兵を率いるアルマンスールの勇猛さは国内外に轟《とどろ》き、鋭く黒い双眸が際立つ風貌《ふうぼう》と相まって、ファティマナザの軍神と怖れられ、ときに憧憬《しょうけい》の眼差しを向けられている。

　王座を狙える立場にあるアルマンスールが、人の耳目を集める存在であるのを苦々しく思っているムスタンシルは、弟の揚《あ》げ足を取る機会を虎視眈々《こしたんたん》と狙っているのだ。ムスタンシルにそのチャンスを与えるわけにはいかない。

　人前でなれなれしく振る舞えば、次の朝アルマンスールは無事に目覚めることはできないだろう。

　王弟とは思えないほど質素な黒のカフタンに身を包んだアルマンスールは、灰色のターバンを巻いた頭を兄王の前に深く下げた。右肩に長く垂《た》らしてあるターバンが、幾何学模様の床を舐める。

「お腹立ちはわかりますが、少しお待ちください、ムスタンシル王」

　低く滑らかな声が、シンとした広間の隅々まで届く。

「私の邪魔をする気か、アルマンスール」

　怒りで痙攣《けいれん》させている兄王の顔をアルマンスールは恭《うやうや》しい仕草で見あげた。

「いいえ、王のなさることを私ごときが止める権利はありません」

　アルマンスールは静かに答える。

「今、邪魔をしているではないか」

　唇を歪めた兄王の醜悪《しゅうあく》な表情に、アルマンスールは背後にいるロッカラーナを思う。

彼女は捕らえられてきたときから、一貫《いっかん》して王女だった。

卑怯な手を使って故国に禍《わざわい》をもたらし、両親を屠ったムスタンシルへの怒りを隠さなかった。そしてイドリーサンザ国の王女として、命を賭《か》けて自らの運命を選び取ろうとしている。

死なせたくない――その思いが熱風のようにアルマンスールの身体の中で巻き起こる。

死んではいけない。生きていれば何かがある。生きていけば、この勇敢で賢い娘はもっと大切なことを知るだろう。

それが何かはわからないが、妾腹と虐げられ、命まで狙われてきた自分だからこそ、そう感じる。

死を選べば目の前の困難を命と一緒に破壊してくれるけれど、生きていくことのほうが大切なときがあるはずだ。

これほど固く自分の身の処《しょ》し方を決めている彼女を、おそらく説得はできない。

それでも彼女より長く、身を伏せて生きてきたアルマンスールには、この激情を乗り切れば何かが変わるという確信に似た気持ちがあった。

「申し訳ありません。ムスタンシル王」

一旦、アルマンスールは兄王の叱責《しっせき》を受け止める。

ムスタンシルが人の忠告を聞かないのはわかりきっている。

イドリーサンザ国の王女を生かしておき、自国の民やイドリーサンザの民衆に王の慈悲《じひ》を示したほうがいい、などと進言すれば逆に意固地《いこじ》になるだろう。まして、懇願《こんがん》でもしようものなら、ここぞとばかりにいたぶってくる。

——慈悲など馬に食わせろ。力を示すことが王。

豪語《ごうご》する声が聞こえてくるようだ。

アルマンスールは兄王をゆっくりと見あげて時間を作る。

どうすればムスタンシルを動かせるか。自分が作り出した時の流れの中で、アルマンスールは表情を変えずに計略《けいりゃく》を巡らせた。

生まれてから二十六年間側にいる、ムスタンシルの性格はいやというほどわかっている。

自分が一番でなければ満足できない。そして弱者をいたぶることで常にそれを確かめていなければ満たされない加虐性。そこをくすぐってやれば、きっと上手くいくだろう。

アルマンスールは僅かにおもねる口調をつくる。

普段は淡々として感情を表さないアルマンスールの些細《ささい》な変化に、ムスタンシルが訝しげな顔をする。

腹の内の見えない弟が何を考えているか、ムスタンシルは知りたがっている。

その表情を読んで、アルマンスールは兄王の視線を捉え、口を開いた。

「王を侮辱した人間に命を以って償《つぐな》わせるのは当然です。ですが、ムスタンシル王、この娘、イドリーサンザの王女は死ぬことを望んでいます。もし王がここで彼女の命を奪えば、それは希望を叶えてやることになるのではないでしょうか」

すぐには理解できなかったようにムスタンシルは無表情になったものの、頭の中にその意味が浸透《しんとう》してくると、ぐっと眉根を寄せる。

図らずも自分が、虜囚の望みを許してしまう矛盾《むじゅん》に、怒りが行き場を失っているのがわかった。

ムスタンシルの内に矛盾の種を播《ま》いたアルマンスールは、そこに言葉の水を注《そそ》ぐ。

「ここは王女を生かして、王への無礼を償わせてはいかがですか？」

背後のロッカラーナがいっそう緊張するのを背中で感じながらも、アルマンスールは王の注意を自分に惹きつけることに意識を集中する。

「……生きて無礼を償わせるとは、おまえに何か小賢《こざか》しい考えでもあるというのか」

あくまでアルマンスールを貶《おとし》めてくる言い回しに顔色を変えず、アルマンスールは肯定の意味で頭を下げる。

「このような口を利《き》く者を、いまさら王の後宮に入れるなど、王の権威に傷がつきます」

あくまで恭しい口調で、アルマンスールはムスタンシルの下心に釘《くぎ》を刺す。

「それよりも髪を切り、質素な服を着せ、水とパンと豆だけを与え、奴隷として下働きをさせてはいかがでしょうか」

「ほう……奴隷とはな……」

　ムスタンシルが僅かに心を動かされたような声を出す。

「はい。贅沢に慣れ、かしずかれてきた娘には辛い暮らしになるでしょう」

　背後で息を潜めている王女がどう思うのかはわからない。他国の奴隷になるのは、ムスタンシルに穢《けが》されるのと同じぐらい屈辱だと考えるかもしれない。だが、ムスタンシルを説得するのはこの方法しかない。

　アルマンスールはロッカラーナの思いを推《お》し量《はか》るよりも、ムスタンシルの気持ちを操ることを優先した。

「ここで名誉の死などという称号を与える必要はありません。慣れない身分に身を落とせば、やがて王の足元にひれ伏す日がやってくるはずです」

　唆すようにアルマンスールは囁《ささや》いた。

　王の目に品の悪い好奇心が浮かび、アルマンスールはムスタンシルの唆しが気に入ったことがわかった。人をいたぶるのが何より楽しいムスタンシルには、いい提案だったらしい。

「おまえの頭は飾りかと思ったが、政はさっぱりのくせに、女のこととなるとたまには面白いことも思いつくのだな。さすがに後宮の女から生まれただけのことはある」

　出自を貶める言葉にも、アルマンスールは恭しく頭を下げる。

　この宮廷でムスタンシルの目をかいくぐり生きるには、無駄な矜持は捨てることだ。

半分しか血が繋がっていないとはいえ、王弟を貶めて痛痒《つうよう》を感じない王に、周囲が眉をひそめてもアルマンスールは気づかない振りでやりすごす。

今の目的は、背後にいるイドリーサンザの王女、ロッカラーナの命をこの世に残すことだ。

自分の言葉がムスタンシルを予定どおり動かしたことに、アルマンスールは内心ほっとした。

「さすがアルマンスール殿下！」

しかし、思わず洩らされた感嘆の声に同調する周囲の空気が、アルマンスールの謀《はかりごと》の邪魔をする。

権力に固執《こしつ》せず、国のために軍神の働きを見せるアルマンスールを慕《した》い、王の器だと思っている者も多い。次から次へと同盟国を裏切る王に、不満と不安を抱えている。

境界線を侵さず、互いに国を守り合う——前王シャイバーンが難しい隣国との外交を巧みにこなし、今後の道筋をつけた同盟を反故にし、その王女を辱めようとしたムスタンシルへの嫌悪は臣下の腹の中に溜まっているのだろう。

王の前に引き出されたロッカラーナの毅然とした態度も、王の卑劣さを際立たせた。

こんな王に仕えている自分を真っ直ぐに省《かえり》みられない。

このままイドリーサンザの王女をファティマナザの王が剣で貫《つらぬ》けば、正義は王女にあったという噂が立つだろう。悪い噂はあっという間に風に乗り、やがてはファティマナザを窮地に陥れかねない。

その危険が水際で回避され、辺りの緊張が弛《ゆる》み、言葉だけで王を操ったアルマンスールに賞賛の眼差しが注がれた。

前王の代からの忠臣が、皆の思いを代表するように口に出す。

「それがようございます、ムスタンシルさま。イドリーサンザの王女を生かしてこの国に置くことは、ファティマナザのためになります。さすがに王と同じ血を持つ弟君です。アルマンスールさまは、王の支えになる方です」

その言葉にムスタンシルの顔から、満足げな笑みが消え、目が不機嫌に細められた。片膝をついた姿勢で再び頭を下げて服従を示すアルマンスールは、舌打ちをしたい気持ちになる。

父王の代からの忠臣は、シャイバーンがアルマンスールにその位を譲ろうとしていたのを知っている。その願いが叶わず、ムスタンシルが有無を言わせず王位に就いた今は、兄弟の確執を取り去るのが、国のためと信じているのだろう。

だが、それがムスタンシルの逆鱗《げきりん》に触れることが何故わからないのか。アルマンスールは下手な援護が入ったことに、激しく困惑する。

面と向かってアルマンスールの手柄とされたことで、ムスタンシルはおそらく考えを変えてしまうだろう。

アルマンスールはこの国でのし上がるつもりも、手柄を立てるつもりもない。国の行く末を憂《うれ》えて、王弟の立場でムスタンシルを止めたわけでもない。

ただ一人の人間として、背後にある美しい魂を失いたくなかっただけだ。

けれどそれを言ったところで、ムスタンシルは信じないだろう。一度意固地になったムスタンシルの考えを再び変えることは難しい。

「アルマンスールよ」

呼びかけに顔をあげたアルマンスールは、ムスタンシルの顔に浮かぶ奇妙な笑みにぞくりとした。

細められた目に、残虐で楽しげな光が浮かぶ。

何を考えているのか――いたぶる相手をロッカラーナから自分に切り替えたのか。

片膝をついたまま気持ちだけ身構えるアルマンスールの胸元に、ムスタンシルが指を突きつけて、粘《ねば》つく笑みを浮かべる。

「おまえにやろう」

言われた意味がわからずに、アルマンスールは無言で兄王を見返した。

「相変わらず察しが悪いな。私は頭の悪い人間は嫌いだ。いらいらするぞ。おまえと血が繋がっているとは思いたくないいな」

ふんと唇を歪めたわりには、ムスタンシルの楽しげな様子は変わらない。

「ロッカラーナを奴隷にしろと言ったのは、おまえだ。こういう面倒なことは言い出した奴が責任を取るのが筋だ。そうではないか？」

逆らうことができない相手を翻弄《ほんろう》することが楽しいことを、ムスタンシルは隠そうとしない。

「ロッカラーナをおまえの奴隷として使え。自分で言ったように、髪を切り、みすぼらしい格好をさせ、跪いて許しを請うまでこき使え」

周囲の空気が重たくなり、アルマンスールのやり方を後押しした忠臣の顔色が白く変わる。

「……ムスタンシル王、私は奴隷を使うような身ではありません」

アルマンスールは深く頭を下げた。

王弟とはいえ、アルマンスールは側仕えの少年を一人置いているだけだ。宮廷で目立つことは極力避けたい。

「そうだな。この国の全ては王である私のものだ。奴隷もしかり。だがその私が、おまえに奴隷を与えようというのだ。断るのか？」

断ればその先に待っているものが何か、言われなくても誰もがわかっている。

アルマンスールは片手を胸に当てて、服従の意を示す。

「承知いたしました、ムスタンシル王。イドリーサンザの王女を、私の奴隷としていただきます」

ふん……と微かに笑いを洩らしてムスタンシルは頷いた。

背後で薄い息をしているロッカラーナの驚愕が、アルマンスールの緊張した背中に伝わってくるようだった。

とにかくロッカラーナを自室につれていき、そのあとのことはゆっくり考えよう。

ムスタンシルが何かを企んでいるにしても、対処方法を考える時間が必要だ。

「では、私はこれで失礼をいたします」

立ちあがり、背中を向けようとしたアルマンスールを、ムスタンシルが呼び止める。

「待て、アルマンスール。ロッカラーナを奴隷にした証《あかし》を示せ」

振り返ったアルマンスールは、冷笑を浮かべるムスタンシルを無言で見返す。

「早くしろ、アルマンスール」

いたぶる笑顔が濃く、何を要求しているのかはわからなくても、このままでは終わらないのだけは確かだ。

「……奴隷にした証とは……どういったことでしょうか。王が私に命じたことはここにいる者が全員聞いています。王の言葉はこの国の法律。ならば、これ以上の証など必要ないと存じますが」

日頃のムスタンシルの独裁を逆手《さかて》に取って、やんわりと言う。

「おまえたちはそれでいいだろうが、私が納得しない。おまえはいつでも私の足を掬おうと野心満々だからな」

周囲がはっと息を呑んで、アルマンスールの様子を窺う。アルマンスールは周囲の探る視線に気がつかない振りで、頭を下げる。

「それは、穿《うが》ちすぎです、王。私が王に相応しい人間ではないことなど、自分が一番よく知っております」

ムスタンシルは建前《たてまえ》として聞くかもしれないが、嘘ではない。王になる者は激しい野心と権力への執着心が必要だ。アルマンスールにはそのどちらもない。王位継承権など、放り出せるものならいつ捨ててもいい。

だがアルマンスールの言葉を建前と取ったムスタンシルの皮肉な笑みは変わらない。

「言葉だけなら何とでも言える。心がない者ほど上手いことを言うのは、いつの世でも変わらない」

ムスタンシルは玉座に背を預けて、わざとらしく嘆息《たんそく》した。

「ロッカラーナはイドリーサンザの王女だ。おまえの扱い方次第では、イドリーサンザを味方につけて、私に刃向かえるだろう」

自分の考えに酔ったように、ムスタンシルは首を横に振ってから、今一度アルマンスールにひたと視線を当てた。

「今、この場で、おまえがロッカラーナの純潔を奪い、おまえの奴隷だと示せ。この先はイドリーサンザの王女ではなく、ファティマナザの王弟の遊び道具だと教えてやるのだ。この生意気な女に、誰が主人かをたたき込め！」

広間中が再び、凍りつく。

仮にも一国の王女だった娘を、王の面前で陵辱《りょうじょく》しろとは正気の沙汰《さた》とは思えない。アルマンスールをあえて〝王弟〟と呼んだのにも、暗い悪意が滲んでいる。

「……王……」

幼い頃から数限りない罠をかわしてきたアルマンスールだが、さすがにそれ以上の言葉が出ずに、声が掠《かす》れる。背後のロッカラーナは呼吸を止めたように気配が感じられない。

何を考えているのか。

自分の謀のせいで、彼女を最初よりいっそう悪い状況に落としてしまったという焦りがじりじりと胸を焼く。

どんな戦況にあっても冷静さを失わず、軍神の呼称をほしいままにするアルマンスールが初めて見せた動揺に、ムスタンシルの顔が卑しい喜びで歪む。

「まさか女を抱いたことがないわけではないだろう、アルマンスール。並み居る後宮の女と比べても、ロッカラーナは上等なほうだ。抱くのに不足はあるまい」

「……ムスタンシル王」

アルマンスールはなんとか声を整える。

衝撃を受け、弱ったところを見せれば見せただけムスタンシルはそこをついてくる。人の弱みを抉り出して、引きずり回す。

「今ここで私自ら、ロッカラーナの髪を切り、私の奴隷にします。明日からは粗末な衣で、私の用事を言いつけましょう。王は、私が命令を守ることを見ていてくだされればよろしいかと」

アルマンスールは懐から短剣を取り出して、背後のロッカラーナを振り返った。

連れて来られたときよりはるかに色を失い、生気を失った美しい顔が、翠色の目を見開いてアルマンスールを見あげている。

自分の意志など関係なく未来が決まっていくことに、気持ちがついていかないのだろう。先ほどの強気は影を潜めていた。

アルマンスールはロッカラーナの側に片膝をついて、銀色の短剣を握りしめた。

「ロッカラーナ、私はファティマナザの王弟、アルマンスールだ。これからムスタンシル王の命によりおまえを私の奴隷とする。イドリーサンザの王女である過去を捨てて、私に尽くせ」

広間中に聞こえるように宣言したアルマンスールが、ロッカラーナの背中に流れる髪に手を伸ばす。

切るには惜しい美しい髪だが、やがては伸びる。今はここを切り抜けるのが先決だ。

「待て！　アルマンスール、髪は切ってもまた伸びる。元に戻るものなどなんの証にもならない」

けれどアルマンスールの胸の内を覗いたように、ムスタンシルが嘲《あざけ》る声を張る。

「取り返せないものを王のために差し出してこそ、忠誠の証だ。見ていてやるから、その女をおまえが貫いてみせろ」

弛《ゆる》みかけた緊張が再び張り詰めた。

「……たとえ奴隷であっても、男女の閨事《ねやごと》は人に見せるものではありません」

これまでアルマンスールは表立って兄王に逆らったことはない。どんな無理難題を言われても、人前で王に意見はしない。

そのアルマンスールが、静かながら逆らったことに、声にならないざわめきが流れ、ムスタンシルの視線に一瞬殺意に似た炎が揺らめいた。

「奴隷との交わりなど、閨事ではない。主従を示すための儀式だ。やれ！　それともおまえは王の命令を聞かずに、この城で暮らしていくつもりか？」

ムスタンシルに逆らえば、生きてはいけないだろう。

だが、あまりに酷い――。

アルマンスールは迷い、自らの心の内に囚われた。そのとき、短剣を握った手に、ロッカラーナの白い手が伸びてきた。

寸でのところで気づき、アルマンスールは短剣を握り直して、さりげなく後ろに引く。

見あげてきた翠の瞳に浮かぶ決然とした色に息を呑む。

――これ以上は生きている意味がない。

どんなことをしても自分の命を終わらせると決めたその顔に、アルマンスールは思わずロッカラーナを胸に引き寄せた。

この娘を生かしてやりたい。

ひとときの恥など、生きることに比べれば、つかの間身体についた塵芥《ちりあくた》と変わらない。

アルマンスールから迷いが消えた。

「……っ」

逃れようともがく華奢な身体を固く抱きしめ、アルマンスールはムスタンシルを振り返った。

「お望みどおりに、王」

ムスタンシルが獲物を仕留めた満足そうな笑いを浮かべ、控えた面々は視線を泳がせる。

「……うっ……」

腕の中で呻き声を出すロッカラーナの顎《あご》を捉えて、アルマンスールは顔をあげさせた。

「死ぬことは許さない。おまえは俺の奴隷として生きるのだ」

強くロッカラーナの頬を押さえ、アルマンスールは食いしばったその唇に、自分の唇を重ねた。

怒りで熱く燃えた唇はアルマンスールの身体の芯まで熱くする。

一国の王女として誇り高く育ち、その義務を身体に深く宿した娘が、人前で犯される。しかも両親を殺した敵国の王弟に――。

アルマンスール自身は今回の卑劣な企てに関わってはいない。だがロッカラーナにはファティマナザの人間など、誰もが同じに見えるだろう。

今は耐えろ――声に出さずにアルマンスールは胸の中だけで命じる。

アルマンスールは食いしばったロッカラーナの唇を舌先で撫《な》でた。男と口づけなどしたこともないだろう唇は、たあいない刺激ですぐに開く。

胸を押し返そうとする細い手首を握って、アルマンスールは熱い口中に舌を差し入れた。

驚いたように逃げる舌を追いかけて、舌先を搦《から》め、柔らかい口中を舐める。

今、こちらの舌をかみ切れば蹂躙《じゅうりん》から逃れられるというのに、穢れのない愚かさだ。

心構えもないまま、無垢《むく》な無知さを暴かれるロッカラーナへの哀《あわ》れがつのる。

アルマンスールはロッカラーナを抱きしめたまま、さりげなく王の視線を遮るように位置をずらす。

一段高い玉座に座っているムスタンシルには一部始終が見えるだろうが、それでもロッカラーナを少しでも隠してやりたかった。

「……っ……」

唇の間から呻きを洩らし、ロッカラーナが苦しげに喘《あえ》いだ。

乱れる呼吸に合わせて、アルマンスールは乳房に手のひらを当てる。

はっと見開いた目が、アルマンスールを信じられないと言うように見つめてきた。

「逆らっても何も変わらない。静かにしていれば、さっさと終わらせてやる」

合わせた唇を僅かに離し、アルマンスールは小声で命じる。

「誰が――」

抗う声は再び重ねた唇で遮り、アルマンスールは柔らかい乳房を手のひらで撫でる。

金とエメラルドを連ねた首飾りがしゃらんと鳴った。

見開かれた目がアルマンスールを力の限りに睨みつけてくる。

「おまえが逆らえば逆らうほど、王が喜ぶ見せ物になるぞ」

アルマンスールの囁きを聞いた翠色の瞳に迷いが浮かんだ。

「逃げてもこの場では死ぬことも叶わない。大勢にいたぶられるか、俺だけに従うか、どちらかだ」

美しい目に一瞬激しい憎悪が湧き上がるが、何かを悟ったようにその怒りの炎は立ち消える。

「利口な娘だ」

抵抗が弱くなった身体に愛撫をほどこす。

拒絶を示し、その美しい眉は激しく寄せられているが、アルマンスールの手のひらが与えた刺激で、絹の下の乳房は確かに形を変えていった。柔らかい乳房が張り詰め、小さな乳首が硬くなる。

「……く……っ」

合わせた唇の間から、苦痛に耐える声が洩れる。細い声に交じる微かな戸惑いは、間近で聞いたアルマンスールにしかわからないだろう。

可哀想に、自分の身体の変化に眩惑されている。

アルマンスールはその変化の意味を知りながら、乳房への愛撫の手を止めない。硬く尖る乳首を手のひらで円を描いて擦る。

「……ぁ……」

辛そうな吐息に怒り以外のものが混じる。

乳房に触れていた手を腰に滑らせると、小さく身体が震えた。

どんな抱き方をしても、ロッカラーナの羞恥と怒りをなくすことはできない。それでも少しでも楽な抱き方をしてやらなければならない。

アルマンスールは肌を晒さずに、華奢な身体を愛撫した。

幸い、滑らかな絹の衣は、アルマンスールの手の動きをロッカラーナの肌に柔らかく、しかし確実に伝える。

ロッカラーナの肌は徐々に熱くなり、アルマンスールを睨んでいた翠色の瞳は力を失い、やがて瞼が閉じられた。

「ほう……いい顔をするではないか……」

背後から届いた舌なめずりするようなムスタンシルの声に、ぱっとロッカラーナの目が開き、身体が再び強《こわ》ばる。

アルマンスールはロッカラーナの耳元に口づけをする振りで、囁きで命じる。

「今を終わらせたければ、余計なことを耳に入れるな。誰を憎むのも恨むのもあとにしろ。今は何も考えるな」

翠の瞳を強く見据え、アルマンスールは朱色の衣の裾を捲り上げて、手を入れる。

「もどかしい、脱がせて肌を晒せ。他の者たちにもその女がもう敬われる立場ではないと教えてやれ、アルマンスール。白い肌を晒しておまえの雄で貫き、王女ではなく、奴隷だと徴《しるし》を刻め」

歪な快楽に昂ぶったムスタンシルがアルマンスールの背中に叫ぶ。

二人の生贄《いけにえ》を取り囲む人々は、重たく息を吸い込み、気配を消す。王の暴走を止めることができない罪悪感を、何も見ないようにすることで取り繕っているのだろう。

王に逆らえないのは自分も同じだと知るアルマンスールは、周囲の人間を責めるつもりはない。

自分で始めたことは、自分が終わらせなければならない。

アルマンスールはロッカラーナの背中に手を回し、朱色の衣を思い切り引き裂いた。加減のない勢いで、衣とともに豪華な首飾りがちぎれ、王女の瞳と同じ色のエメラルドが床に散らばり転がる。

飛び散った宝石に周囲の視線が注意を奪われたその隙に、アンテリの下に穿いた絹のシャルワールも一気に引きずり下ろす。

「――ぁ」

腰の辺りまで顕わになった肌にロッカラーナが小さく叫ぶ。

ロッカラーナの輝くような白い背中は、間違いなく周囲の目に鮮やかに映っただろう。

白い乳房がすっかり零《こぼ》れる前にアルマンスールは自分の腕の中に細い身体を抱え込んだ。膝をまたがせるように抱いて胸を合わせ、乳房を隠す。

強く抱いたとき、胸にかつんと固い何かが当たった。

ちぎれた首飾りの欠片だろう。アルマンスールは王女の誇りと一緒に床に散らばった翠の石にちらりと視線を投げる。

　王女としての装飾を毟り取った分だけ、彼女の怒りは積み重なっていくと知りながら、腰まで裂けた衣の間から手を入れて、滑らかな尻を撫でる。

「……っ」

　直接肌に触れられたロッカラーナが、小さく呻く。だがアルマンスールはそのまま小さな尻の間から指をしのばせた。

「──っ」

　声を洩らしたロッカラーナに再び唇を寄せる。

「目を閉じて、俺の言うことだけを聞け。おまえに恥と禍を与える者を見返したければ、今は俺の言うことを聞くんだ」

　一瞬翠色の目を見開いたロッカラーナは、アルマンスールの視線の強さに何かを感じたのか、瞼を閉じる。

　滑らかな尻の間から指を身体の前に向けて滑り込ませると、びくんと身体を震わせたものの、ロッカラーナは、今度は声を洩らさない。

「首に腕を回せ。俺を絞め殺《し》すつもりでしがみつけ」

　睦言《むつごと》にはほど遠い言葉を、唇を合わせる振りをして囁く。ロッカラーナは無言のまま、アルマンスールの首にしがみつき、アルマンスールの言葉どおり絞め殺したいとでも言うように、渾身《こんしん》の力を込めてきた。

それでいい――アルマンスールはロッカラーナの密やかな花園を、背後から指で暴き始める。

首にしがみついたロッカラーナの表情はわからないが、合わせた胸の鼓動が速くなった。

柔らかな花びらは誰も開いたことがないのだろう。慎ましやかに閉じて、隠された花芽は小さい。

清らかな花びらを左右に割り開くと、ロッカラーナの喉が動いた。

泣いているのだろうか。

だがそれでもこの場を収める方法は他にない。

アルマンスールは、まだ快楽の意味も知らない小さな花芽を指の腹で撫でる。

胸に押しつけられた乳房が燃えるように熱くなり、肩に押しつけられたロッカラーナの唇から洩れる息も艶を帯びてきている。

花芽が硬く膨《ふく》れ、ねっとりとした蜜でアルマンスールの指が濡れてきた。

ふとアルマンスールは、自身の下腹が淫《みだ》らに疼《うず》くのを覚えた。

自分の動きで固く閉じた花が開いていく様に、ただの男として身体が熱くなる。

「……っ……ぁ」

小さな濡れた吐息はアルマンスールの耳にだけ届く。

だが熱く甘い息に、アルマンスールは己の雄が、いっそう硬く蠢《うごめ》くのを感じた。

こんな立場に甘んじるしかない女性に、劣情《れつじょう》を抱いたことに、アルマンスールは動揺する。けれど、ここで彼女を抱けなければ、自分だけではなくロッカラーナにもいっそう悪い結果になる。

「ん――ぁ」

いくところまでいくしかないと、覚悟を決めたアルマンスールはさらに彼女を強く抱きしめ、愛撫の手を進めた。

知らずに息を洩らした自分を諫《いさ》めているのか、ロッカラーナの肩が揺れて、吐息《といき》が呑み込まれる。

どこまでも気丈《きじょう》な娘だ――。

アルマンスールは蜜孔に少し指をうずめた。

「――ぁ」

悲鳴に似た声を零したロッカラーナは、何かから逃げるようにアルマンスールの首にいっそうの力でしがみつく。

そろそろ終わらせてやらなければ、ロッカラーナは満座の中で淫らな姿を晒すことになる。

この王女には屈辱よりも、肉体の苦痛のほうが耐えられるはず。

「俺の肩を噛め、ロッカラーナ。――辛いぞ」

一瞬息を止めたロッカラーナは、アルマンスールの肩に唇を当てた。

肌を焼く熱い唇は彼女の激しい生き方を表している気がして、嚙まれた肩が奇妙に甘く疼く。

だがその感傷じみた感覚をやりすごし、アルマンスールは自らの黒いカフタンの裾を裂き、シャルワールを手早く寛《くつろ》げて、ロッカラーナを抱え直した。

初めての交合で、これほど急《せ》いてことを進められては辛いだろう——だが耐えろ。

アルマンスールは己の屹立《きつりつ》の上に、ロッカラーナの身体をのせる。愛撫の手を借りて腰の辺りに溜まったアンテリの絹を広げ、貫く花園をさりげなく隠す。

「——ぁ」

濡れた蜜孔に、硬く凝《こご》った雄を押し当てると、小さな悲鳴と一緒に肩が強く嚙まれた。

蜜口がアルマンスールの雄を拒んで、激しく収縮する。

哀れだ——。

もう引くことなどできないのに、アルマンスールは自分を拒絶する穢れのない身体に心が揺れる。

こんな場所で女を抱かなければならない自分の立場の危うさを嘆くより、敵に犯される王女が哀れで愛しい。

今はただこらえろ。そう念じながらアルマンスールは無意識に拒む蜜孔を、己の屹立の先端でこじ開ける。

「く……っ」

痛みで呻く脆《もろ》い身体を抱きしめ、アルマンスールは腰を突き上げた。

一度も男を受け入れたことのない蜜道を、みちみちと押し広げていく。

初めて拓《ひら》かれる蜜の道は狭く、腰を進めるたびに彼の雄を食いちぎるほど締め上げてくる。

「……ぁ」

苦しげに熱くなる息がアルマンスールの肩にかかり、爪が肩に食い込む。

抱きしめている身体が、異常な熱を持ってくるのがアルマンスールには伝わってきていた。心は拒んでいても、柔らかな身体の内側を刺激された女体は、確実に変わっていく。

「……もう少しだ」

意味がわかるとは思えなかったが、この苦行の終わりが近いことをロッカラーナの耳に囁く。

白い身体を支えながら徐々に雄芯を進め、アルマンスールはようやくロッカラーナの秘花の最奥まで、己を埋め込んだ。

「――ぐっ」

身体の奥を征服された衝撃で、がくんと首を揺らしながらロッカラーナが獣じみた呻きをあげた。

だがアルマンスールが一度引き抜き、またゆっくりと奥まで抉りながら擦ると、呻きが吐息に変わる。

彼女の身体の奥から滲み出る蜜がアルマンスールの雄の動きを滑らかにする。

「……ぁ……ぁ」

自分の身体を変えるアルマンスールに挑みかかるように、ロッカラーナは肩に摑まった手の力を強くする。

爪で裂かれる皮膚から、彼女の怒りと混乱がアルマンスールに直接伝わってきた。

ロッカラーナは殺さんばかりに強く、アルマンスールの身体を腕で引き絞り、味わっている苦痛の強さを吐き出すように肩に嚙みついた。

襲いかかる運命の惨《みじめ》さを前に、最後まで誇りを守ろうとする彼女が愚かだと思う気持ちと、驚嘆の思いがこみあげる。

こんな女がいるのか。

自分の腕の中にある、屈しない魂を宿した華奢な身体が愛しく、守ってやりたいと深く思う。

少しでも苦痛を忘れさせようと、アルマンスールはロッカラーナの蜜道にある快楽の芽を探りだす。

「……ぁ」

抽送を続けるうちに僅かに反応を示した場所に屹立の先端をあてがった。

噛まれている肩にじくじくとした痛みを感じながら、アルマンスールは埋め込んだ雄で蜜道をさらに擦りあげる。

「……ふ……ぁ」

すると、きゅうと蜜孔が締まって、アルマンスールの雄のくびれを締めた。

気持ちの上では快感など覚えられないのだろうが、身体は素直にアルマンスールの雄に絡みつく。

気持ちだけでは身体を操れないのが痛々しい。

それでも今は、そのほうが楽になれる。

アルマンスールは幼い蜜孔の蠕動《ぜんどう》に合わせるように雄を動かした。なるべく早く終わらせてやれるよう、律動《りつどう》を速め、浅い部分を擦りあげる。

「はぁ……ぁ」

ロッカラーナの吐息が艶めいて、ねっとりと濡れる。

きつかった蜜道が、アルマンスールの雄を受け入れて、ひくつく。

それを感じたアルマンスールが一気に奥を抉ると、濡れた花が激しく痙攣した。

「あ——」

見下ろしていたムスタンシルが思わず身を乗り出すような声が、一瞬ロッカラーナの唇から洩れる。

アルマンスールは黒髪ごとロッカラーナの頭を抱えて、自分の肩に強く押しつけ、声を消した。

「……くっ」

焼けるように熱い蜜道に痛いほど締め付けられ、限界に達したアルマンスールは、息を詰める。

そして彼女の初々しい蜜壺の奥に熱を注いだ。

「——ぁ……」

身体の中に男の熱を浴びせられた瞬間、ロッカラーナは押さえ込まれていた顔をあげて、アルマンスールと目を合わせた。

「あなたを——決して許さない。いつか殺してやる——」

濡れた翠の瞳から涙が一滴零れ落ち、ロッカラーナは崩れるように目を閉じた。

さすがに耐えられなかったか——いや、ここまで耐えただけでも、並の気性ではない。

アルマンスールは意識を失ったロッカラーナの衣を素早く直し、自分もカフタンの裾を整えると、ロッカラーナを両腕に横抱きにして立ちあがる。

「では、私はこれで」

ゆっくりとムスタンシルのほうを振り向き、何事もなかったような顔で頭を下げた。

感情を揺らすことがムスタンシルを一番喜ばせると知っているからこそ、ことさら無表情をつくる。

「初物の道具の具合は良かったか？　こんな上物を抱けることなど、おまえにはめったにないだろう。私に感謝しろ」

自分が命じた卑猥《ひわい》な見せ物に、興奮で顔を赤くしたムスタンシルが下卑《げび》た笑いを浮かべた。

地獄のような時間がやっと終わりを迎えそうだったのに、いつまでも下品なことを言いつのるムスタンシルに、周囲の空気が人々を押しつぶすほど重たくなる。

たとえロッカラーナに聞こえていなくても、ムスタンシルにおもねる言葉は言いたくない。

自分に恥を与えた男の腕に抱えられてしどけなく揺れる、意識のない白い顔をアルマンスールは見つめた。

頼りなく仰け反る首筋にごつごつした少し緑がかった青い石の首飾りが覗く。

原石を繋いだだけの無骨《ぶこつ》なものだが、イドリーサンザ特産のターコイズだ。

先ほど自分の胸に当たったのは、この首飾りだったのか。勢いよく衣を引き裂いても、ちぎれなかった国の貴石が、王女の最後の誇りにも見えた。

最初から最後まで、王女として振る舞おうとしたロッカラーナに、アルマンスールは胸の奥がきりきりと痛む。

この娘に奴隷は似合わないし、彼女はきっと奴隷になるぐらいならば命は要らないと言うだろう。

アルマンスールは、ムスタンシルの淫猥な熱でぎらぎらと光る視線を捉えて、口を開く。

「感謝します、王。この娘の身体が大変に気に入りましたゆえ、奴隷ではなく、私の愛妾として側に置くことに決めました。髪を結わせ、豪華な衣装を与え、宝石をちりばめ、磨《みが》き上げて、昼夜の区別もせずに楽しむことにいたします」

アルマンスールはムスタンシルに軽く頭を下げる。

「心配には及びません、ムスタンシル王。この程度のことで気を失う小娘が王に何かをするなどあり得ません。大国ファティマナザの王が、些細なことを心配するなどと噂されるのも鬱陶《うっとう》しいものです」

そう言うとアルマンスールは今度こそ踵《きびす》を返す。

慇懃無礼《いんぎんぶれい》な抗いに言葉をなくしたムスタンシルを尻目に、ロッカラーナを抱えたアルマンスールは揺るぎのない足取りで、謁見の間をあとにした。

2　憎悪の綻《ほころ》び

目を開けると、紗《しゃ》の天蓋《てんがい》越しに、色鮮やかなタイルで葡萄《ぶどう》が描かれた天井が見えた。

自分の部屋は薔薇模様のはずなのに、いつ変えたのだったろう。

ロッカラーナは頼りなく視線を流す。

雫《しずく》を模《も》した優美なシャンデリアも、見慣れたものと違う。おろされた紗の幕で周囲の様子はぼんやりとしかわからないが、違和感がある。

着ている白絹のアンテリも、眠るときに着るようなものではない。

何かがおかしいのに、頭が重たくて、大切なことが思い出せない状態に、胸がざわつく。

侍女を呼ぼうと寝台の脇《わき》に手を伸ばしたとき、捩《よじ》った下腹から鈍痛が這い上がった。

「あ……」

痛みが意識を覚醒《かくせい》させ、全ての記憶が甦《よみがえ》って、頭の中で渦を巻く。

父王オルハンが信用していた大臣のハサンが、突然手のひらを返した宮殿の反乱。

腹に太刀を受けたオルハンの血で染まる玉座と、広間に響く悲鳴と怒号。

王付きの兵たちは、すでに大臣の一味に命を奪われ、オルハンを助ける者はいなかった。

凄まじい足音を立てて、広間に雪崩れ込んできた見慣れない兵士の一団が、あっという間に抗う者たちを征圧する。

『いったい……どういうことだ、ハサン……何が……』

口から血を流し呻くオルハンを見下ろしたハサンの「してやったり」という顔を、ロッカラーナは一生忘れられないだろう。

『穏やかに国を治めていればいいという、野心のない王に仕えるのは、あきあきしたのですよ』

そのとき、ロッカラーナを抱きしめた母、ミーラーン王妃の身体が震えたのは怒りからだ。

イドリーサンザのあるパドキア大陸には、その広大な大地に、さまざまな民族とそれぞれの王を戴く大小の国がひしめき合っている。この大陸全土を統一して、富と権力を手に入れ「皇帝」となることを望む王も少なくないが、父は違った。

イドリーサンザを富ませることと、民の幸せを一番に考えた。

——いたずらに国を大きくするよりも、民の幸せを大きくするのが、王の務め。

父の口癖《くちぐせ》が間違いとは思わない。イドリーサンザには光が満ちて、笑顔が溢れていた。

『……国は……王のものではない……民の……ものだ』

胸を大きく喘がせる父王に、けれどハサンは口ひげをぶるぶるさせ、嘲りを隠さない高笑いを浴びせた。

『まったく意気地のないことですね……オルハン王、いやもうあなたは王ではない。だがご心配なく。イドリーサンザは私がこの大陸一の国に育てますよ』

父の唇が動くが、もう声は出ない。

だが口の形で「無理だ」と言っているのがわかる。

『無理ではありません。ファティマナザの王、ムスタンシルさまが、私を次期イドリーサンザの国王として後押ししてくれることになっておりますから』

苦しい息の中で、父が驚愕と怒りで目を剝く。

母のミーラーンがひっと音を立てて息を呑んだ。

母の腕の中にいたロッカラーナも、信じられない気持ちで、高笑いする大臣を見た。

隣国ファティマナザは前王シャイバーンの治世のとき、イドリーサンザと同盟を結んだ。この先、互いに争わず、敵の侵略には協力して立ち向かうと約束を交わしている。

国王同士の約束は、国同士の誓いだ。みだりに破ることなどあってはならない。たとえ国王が代替わりしても、同盟を解消するには手順を踏まなければならないのは、互いに了承していたはず。

シャイバーンが急な病を得て、あっという間に他界して、新王ムスタンシルが王座に就いてまだ二年半。

なんの前触れもなく、ファティマナザが戦を仕掛けてきたというのか。見慣れない兵士たちはファティマナザの王が、大臣に遣わした者だったのか。

確かに、ファティマナザの新王、ムスタンシルの悪評はイドリーサンザにも聞こえてきていた。

残酷で狡猾で、横暴。

それでも同盟を結んでいるイドリーサンザに、いきなり罠を仕掛けてくるとは父王も考えていなかったのだろう。

それも真正面から戦いを挑んでくるのではなく、臣下を甘言で誑《たぶら》かして足を掬ってくるとは、仮にも一国の王がやることではない。

『指導者というのは、民を高みに引き上げてやってこそ本物です。オルハンさま、ムスタンシル王は、私の蒙《もう》を啓《ひら》いてくださったのです』

瞼を閉じる前、父の唇から読み取れた最後の言葉は「愚かだ……」だった。

その言葉が、臣下の思惑に気づかず、罠にはまった自分へ向けられていたのか、ムスタンシルのような卑しい人間に騙《だま》された大臣のことだったのか、ロッカラーナにはわからない。

わかったのはただ一つ——父王の命が失われたということだけだ。

『お父さま！　お父さま！』

母の腕から抜け出し、父に駆け寄ろうと身を捩って叫ぶロッカラーナを、母は強く抱く。

『泣いてはいけません、ロッカラーナ』

見あげた母の翠の瞳は、濡れてキラキラと輝いていたが、涙は流れていない。

『お母さま……』

『あなたはイドリーサンザの王女、誇り高いオルハン王の娘です。決して卑怯《ひきょう》者に屈してはなりません』

母の言葉に、ロッカラーナは涙を堪えて頷いた。

幼い頃から、ロッカラーナはイドリーサンザの王女として大切に育てられた。母は優しく、父も大らかに見守ってくれた。だが、ロッカラーナが王女としての振る舞いをしなかったときは、厳しく叱責しその責任と義務を繰り返し説いた。

美しい衣や首飾り、耳飾りも、豊かな食べ物も全て「王女」としての義務を忘れないためのもの。富を生み出してくれる民に尽くすための証。

父の非業《ひごう》の死に際を前にしても、王女としての振る舞いを忘れてはならない。

——おまえはイドリーサンザの王女なのだ。いつも頭をあげて、胸を張り、卑しいことをしてはならない。おまえの振る舞いが、そのままイドリーサンザの民の価値になるのを決して忘れないようにしなさい。

もう口を開くことのない父の言葉を思い出し、ロッカラーナは唇を噛み、涙を抑え込む。

ロッカラーナを抱きしめていた母も、美しい顔に毅然とした表情を浮かべていた。

この先、どんな境遇に落とされようとも、母と二人、父の意志を継いでいこう。

ほんの僅かの間に暗転した運命に、ロッカラーナは勇気をかき集めて立ち向かおうとした。

だが、その決意は大臣の言葉によってすぐさま打ち砕かれる。

『ミーラーン王妃をこちらへ。ロッカラーナ王女は、ファティマナザ国の王のもとへ』

その意味もわからないうちに、駆け寄ってきた敵兵によって、ロッカラーナは母と引き離された。

『どういうことですか！　ハサン！』

敵兵に引きずられながらミーラーンが抗いながら叫ぶ。

『あなたは、これからもこの国の王妃として、私の役に立っていただかねばなりません』

ハサンが計算高い笑みを浮かべた。

『美しくお優しいミーラーン王妃は、国民からの人気も高く、その聡明さは内外に知れ渡っています。そのあなたが私の伴侶となれば、新国王は王妃も認める人物なのだと知らしめることができるでしょう』

『どの口がそのようなことを言うのですか』

ロッカラーナがこれまで聞いたことがないほど冷たい声で、母が切り返した。

『おとなしく従ったほうがよろしいですよ、ミーラーンさま。あなたは私のもとで生き、ロッカラーナさまはロッカラーナさまでここを離れ、この国のために生きる。それがイドリーサンザの王妃と王女の役目なのですよ』

『どういうことですか！』

ミーラーンが怒りの底に母としての懸念を滲ませた。

『ロッカラーナさまはファティマナザの王、ムスタンシルさまのところへ行くのです。国同士の友好を深めておくのが、皆のためなのですよ……イドリーサンザを大国にするための第一歩です』

『なんということを……ロッカラーナ！』

美しい顔を歪めて絶叫したミーラーンに、敵兵に抱えられたロッカラーナは手を差し伸べる。

『お母さま！　行きません。私はどこに行きません！』

ムスタンシル王を直接には知らないけれど、父王を陥れるような卑怯な人間だ。彼のもとで何が起こるかなど想像したくない。

だが母は、敵兵によって強引にハサンの足下に跪かされた。

『すぐに慣れますよ、ミーラーンさま。あなたのような美しい女性に独り寝は似合いませんからね。今日からなぐさめてさしあげましょう』

その言葉に母の顔から一切の表情が消えた。糸の切れた操り人形のように動きを止め、顔を床に伏せる。

『……お母さま』

母の異変にロッカラーナは戸惑う。

『そう気を落とさずに、ミーラーンさま。すぐに元の暮らしに戻れます』

ハサンがわざとらしい調子で慰《なぐさ》める。

そのとき、母が俯いたまま、ぎこちなく手を動かした。緑色のアンテリの胸元から、取り出したものにぎょっとして、ロッカラーナは叫ぶ。

『お母さま、やめて！　お願い！　私を置いていかないで、お母さま――』

敵兵とハサンがミーラーンの手に握られた懐剣に気づいたときには、もう遅かった。

『許してね、ロッカラーナ――あなたはこの国の王女です。それを忘れないで！』

そう叫ぶや否や、ミーラーンは自らの身体に剣を突き立てた。

『お母さま！　お母さま！』

半狂乱で敵兵の腕から逃れようとしたロッカラーナだったが、みぞおちを拳で打たれて、闇の中に意識が沈んだ。

そして気がついたときには、もうファティマナザに向かう輿に乗せられ、故国を離れていたのだった。

屈辱と悲憤の中、ロッカラーナは心に決めた。イドリーサンザの王女として、母のように潔《いさぎよ》い最期《さいご》を迎えることを。

なのに——どうしてこんなことになったのか。

ロッカラーナは破瓜《はか》の衝撃でジクジクと痛む下腹を強く押さえた。

王女として死ねなかったばかりか、両親を陥れた男の前で辱めを受けた。父にも母にも、イドリーサンザの人々にも顔向けできない。

身体の痛みより心が疼いて、寝台の上で身体を折って呻く。

「起きたのか」

紗の向こうにすらりとした男性の姿が透けて、ロッカラーナははっとして身体を起こした。

「開けるぞ」

了承など待たず、寝台の紗の幕が開かれて、男の姿がはっきりとする。

飛び出そうになった悲鳴を呑み込み、ロッカラーナは毅然と男を見あげた。

黒のカフタンに包まれた長身、秀でた額に真っ直ぐな鼻梁からの歪みのない唇。凛々しい眉の下にある漆黒の双眸は、怜悧《れいり》な色をたたえていた。

謁見の間で捲いていたターバンは外されて、さらりとした黒髪がその顔立ちを際立たせている。

何も知らなければ、雄々しく美しい男性だと思っただろうが、ロッカラーナはその顔を見て吐き気がこみあげた。

イドリーサンザの王女を、奴隷にしろと言った男。

衆目の中で自分を陵辱《りょうじょく》した男。

――私はファティマナザの王弟、アルマンスールだ……おまえを私の奴隷とする。

――大勢にいたぶられるか、俺だけに従うか、どちらかだ。

――誰を憎むのも恨むのもあとにしろ。今は何も考えるな。

――おまえに恥と禍を与えるものを見返したければ、今は俺の言うことを聞くんだ。

低く落ち着いた声で、自分を惑わせ翻弄《ほんろう》した。

激しい怒りと、羞恥、跳ね返せない絶望で混乱していた自分は、アルマンスールの声に従ってしまった。

今すぐ死ねないならば、言うとおりにするしかないと追い詰めた自分を、アルマンスールは思い通りにしたのだ。

王弟と名乗ったが、所詮《しょせん》はムスタンシル王に何一つ意見のできない腰抜けだ。王がどれほど卑劣なことをしているか、王弟ならば知らないはずはない。

胸の中に新たに湧き起こった憎悪に煽られ、ロッカラーナはアルマンスールに怒りの視線を向ける。

「怖い顔だな」

だが男はロッカラーナの視線を受け流し、寝台の脇机に置かれていたチューリップを模した黄金色の呼び鈴を鳴らす。

程《ほど》なく扉を叩く音がして、陽気な子鹿《こじか》を思わせる少年がひょいっと顔を覗かせた。

「お茶をお持ちしました」

金色のトレイに金細工の受け皿付きのカップを載せ、そろそろと少年が歩を進め、寝台の側にきた。

「お飲みください。淹れたてです」

トレイごと、少年は寝台の上に茶を置く。

だが、敵国で出されたものをありがたく飲めるわけがない。

眉を寄せて花型のカップを見つめていると、アルマンスールが微かに笑った。

「毒なんか入っていないぞ」

「……」

見透かされたことは悔しいが、取り繕う気も起きず、顔をしかめたままロッカラーナはカップを手にとって、唇を当てた。

茶は思いがけず上等のようで、馥郁《ふくいく》とした香りが鼻腔《びくう》を抜けていく。

「礼ぐらい言ったらどうなんだ」

口をつける前に咎《とが》められ、ロッカラーナはカップをおろす。

口など利きたくないが、父のオルハンならば同じことを言うだろう。

「ありがとうございます」

掠れた声しか出なかったが、アルマンスールとはしっかりと視線を合わせた。

「違う。俺じゃない。茶を淹れたのも運んできたのもこの子だぞ。この子に礼を言うのが筋だろう」

アルマンスールは形のいい眉を寄せて、側にいた少年を指さす。

「い、いいんです、アルマンスールさま。僕はそんなことは気にしません」

濁《にご》りのない黒い目の少年が、顔を真っ赤にしてちぎれんばかりの勢いで首を横に振る。

その初々しい仕草にロッカラーナは故国の宮殿を思い出す。イドリーサンザの城にも、兵士の見習い、あるいは侍従や庭師の手伝いとして、こんな少年たちがたくさんいた。けれどもう二度と彼らに会うことも、笑顔を見ることもない。

そう思うと他国にいるという事実がいっそう身に迫ってきて、ロッカラーナの声が硬くなる。

「ありがとう——」

礼が素っ気なくなるが、少年のほうから笑いかけてきた。

「僕はサラーフと言います」

自分から名乗る子どもを無下《むげ》にもできず、ロッカラーナは会話を繋げる。

「いくつになったの？」

「今年の春に、十二歳になりました」

「そう……いい季節に生まれたのね」

ついこの間味わった、イドリーサンザの春はもう永遠に戻ってこない。

花が咲き、鳥が鳴き、どこまでも続く清々しい故国の青い空は、二度と見ることはない。

目の前に突きつけられた現実に、激しく胸が痛む。

だが自分をじっと見ているアルマンスールの視線を感じ、ロッカラーナは哀しみを抑え込んだ。この男には弱みを見せたくない。

平然とした顔で、改めてカップを手に取り、茶を味わう。

イドリーサンザからファティマナザへの道中、食べ物も飲み物も与えられたが、喉を通るはずもなかった。濃く淹れられた茶は、渇いた身体に染み渡る。

「……美味しい……」

思わず出た感嘆に、サラーフが嬉しそうに笑った。

「あとで食事もお持ちします。すごく美味しいので、楽しみにしていてくださいね」

人なつこく言ったサラーフは、礼儀正しく頭を下げて、部屋を出ていった。

「……あの……お食事ってどういうことでしょうか？」

自分は奴隷になるのではなかったか。

ロッカラーナにしてみれば、奴隷になるのも後宮に入るのも変わらない屈辱だ。イドリーサンザの王女が辱められることは、国が貶められることと同じ。他国の奴隷になるなら、生きているべきではないと感じる。

だが今のやりとりから察するに、奴隷の扱いではなさそうだった。奴隷が絹の衣を着て、茶を味わい、食事を運んでもらえるわけがない。

アルマンスールの考えがわからず、ロッカラーナは不審《ふしん》感を隠さずに聞くが、彼は肩を軽く竦《すく》めてみせた。

「おまえは何も食べないで生きているのか？」

「……あなたは私を奴隷にしたのでは？　ファティマナザでは、奴隷は人にかしずかれるものなのですか？　もっとも同盟の意味すら、イドリーサンザとあなたの国では違うようですから、何を聞かされても驚きませんけれど」

「命知らずに気が強い」

ロッカラーナの当てこすりに、言葉ほど腹を立てている様子もなくアルマンスールは先

る。

「おまえ、何ができる？」

問いかけの意味がわからず眉をひそめると、アルマンスールが冷たい笑みを浮かべる。

「すぐに答えられないぐらいだから、何もないいんだろうな。裁縫もできなれば、料理も駄目。茶一つ淹れられないのだろう。ダンスは男に踊らせてもらうのが関の山。男を喜ばせる、美しい踊り子のようには踊れない。奴隷として使っても足手まといになるだけだ」

あまりにひどい言い様だが、本当のことだ。

ロッカラーナは王女としての教育を受け、誰の前に出ても恥ずかしくないだけの充分な教養はある。だがそれは王女でなくなってしまえばなんの意味もない。

ここでは茶を淹れ、食事の支度ができ、主人の言いつけに従って気を回し、用を足せるサラーフのような少年のほうがずっと役に立つ。

アルマンスールの言い草に腹を立てるよりも、イドリーサンザの王女という地位が剝ぎ取られた自分の無能ぶりに愕然《がくぜん》とした。

返答に窮《きゅう》するロッカラーナを、アルマンスールはさらに打ちのめす。

「俺は役に立たない人間をそばに置くつもりはない。俺の用など、サラーフ一人いれば充分事足りる」

「……では、私はどうすればいいのでしょうか？」

人前で恥ずかしげもなく陵辱してみせたこの男が、ただ食事を与えるために自分をここに置いているなどとは考えられない。

「俺の側女《そばめ》にする」

側女——つまり妾ということだ。

誰がそんな者になどなるものか——怒りを込めて見据えると、それ以上の視線の強さで、アルマンスールが見返してきた。

「文句があるのか？　何もできないおまえのたった一つの取り柄は、女であるということだけだ。ならばその〝女〟を俺に差し出してもらおう」

言い返す言葉は出てこない。

けれど、従うわけにはいかない。

ロッカラーナの脳裏に、裏切り者のハサンに抗って自らの命を絶った母の姿がまざまざと甦る。

「あなたの妾になどなるものですか！　そんなことなら死を選びます！」

両手で身体を抱えて声を放つと、アルマンスールはロッカラーナの両手首を掴み、容赦なく捻《ひね》りあげた。

「死ぬ？　どうやって死ぬ？　食事をせずに飢《う》えて死ぬか？　それもいいだろう。俺は毎日、少しずつおまえが乾涸《ひか》らびていくのを楽しみながら、飢えで苦しむおまえの前で酒を飲み、肉を貪ってやる。それとも縊《くび》れて死ぬか？　そうしたら腐《くさ》るまで物見の塔につるしておこう。ハゲワシが来て、おまえの臓腑《ぞうふ》を貪り食うのを、ファティマナザの民が毎日見て、こう言い合うだろう。『あれが自国の民を見捨てて死んだ、イドリーサンザの王女の末路《まつろ》』とな」

アルマンスールの言葉が描き出す光景を想像し、ロッカラーナは唇を震わせながらも、声を絞り出す。

「私はイドリーサンザの王女です……イドリーサンザのために……」

「何が国のためだ。国のためを思うなら、一人でもいいから民の命を救ってくれ、と泣きながら請《こ》い願って、王にひれ伏したらどうだ？」

容赦のない勢いでアルマンスールはロッカラーナに詰め寄る。

「一つおまえが知らないことを教えてやる。死ねば全てが解決するというのは、間違いだ。生きていなければできないことがある」

アルマンスールは潤《うる》み始めたロッカラーナの翠の瞳の奥を見透かすように見つめた。

「名誉のために死ぬというのはきれいごとだ。逃げるための口実にすぎん。そんなのは何もできない人間の言うことだ」

「——それは違います」

穢されることを拒み、命を絶った母が間違っていたとは思えない。

だがアルマンスールは、いっそう強く、ロッカラーナの手を握り、顔を近づけて語調を荒くする。

「いいか。生きていなければできないことがある。生きていれば苦労もする。死にたいほど辛いこともある。おまえはただ、辛い目に遭《あ》いたくないから死にたい死にたいという、意気地のない愚か者だ。王女の名誉などという愚《ぐ》にもつかないものを隠れ蓑《みの》に、耐えることをしない弱虫だ」

「なっ……にっ――」

思わず怒りの声が溢れ出て、かっと頭が熱くなる。

自分のどこが、意気地がないというのか。

面前で父を殺され、母を失い、その二人の意志を守ろうとしている自分の、何がわかるというのか。

この男は命惜しさに、人前で女を犯せるような人間ではないか。自分の命を守るためなら名誉も捨て去り、王の足を舐めるような人でなしだ。

自国の王が間違っていても進言一つしない、王弟とは名ばかりの男に言われたくはない。

ロッカラーナは取られた手を毟《むし》り取って、胸に引き寄せる。

「死にません！　どうしてもやらなければならないことを、今やっと思い出しました」

「ほう……何だ？」

激しく手を毟り取ったときに、ロッカラーナの爪が抉った手の甲に唇を当てながら、アルマンスールが面白そうな顔をした。

「あなたを、殺すことです」

瞬きもせずに、ロッカラーナはアルマンスールの黒い双眸を見据えた。

「あなたを殺すまで、私は死ねません。そしてあなたを殺したあと、ムスタンシルも必ず殺します。あなたが私の目の前で生きていることを絶対に許しません」

「そうか」

黒い目に、ほっとしたような不思議な色が浮かんで、ロッカラーナの気勢《きせい》が削《そ》がれる。

どうしてこんな目をするのだろうか。殺すと言われて、何故怒ったり、嘲ったりしないのだろうか——それどころかどこか嬉しそうにも見える。

ロッカラーナがその意味を考える前に、アルマンスールは帯に挟《はさ》んでいた短剣を取り出し、差し出してきた。

なんの前置きもなく目の前に突きつけられた剣に、ロッカラーナもさすがにぎょっとした。

だがそんな様子を気にもせず、アルマンスールは身を屈《かが》めてロッカラーナの手を取ると、短剣を握らせる。

「これをおまえにやろう」

ロッカラーナはずっしりと重たい短剣を見つめた。

玉製の柄《つか》にはルビーとエメラルドを使った金象眼細工で、草花模様が描かれている。

立派な体躯の成人男性が使うには、あまりに美しく繊細な仕様にロッカラーナは怪訝な視線を向けた。

その目に浮かぶ疑問は正確に感じ取っただろうに、アルマンスールは、余裕すら感じさせる笑みを浮かべる。

「俺を殺すには武器が必要だろう。使え」

「……いいのですか……私は、出任せを言ったわけではありません。女だと思って侮《あなど》らないでください。やると決めたら必ずやります」

しっかりとアルマンスールを見あげて言うと、不思議な印象の笑みがいっそう深くなる。

「それで結構。口先だけで終わらないことを祈ってやろう。緊張感のある毎日も悪くない。女に寝首をかかれるようならば、どのみち長くは生きられん」

楽しげにも聞こえるような声で言ったアルマンスールは、ロッカラーナが短剣を握りしめたのを確かめると、背中を向け悠々《ゆうゆう》と部屋を出ていった。

少し欠けた月を寝室の窓から眺めながら、ロッカラーナは昼間アルマンスールから渡された短剣を握りしめた。

　寝室は美しい中庭に面しているが、侵入者を防ぐため、周囲は高い塀に囲まれている。だが今にも扉を開けてアルマンスールがこちら側に押し入ってきそうで、ロッカラーナは怯えていた。

　彼が何を思っているのかは知らないが、ロッカラーナに奥の部屋にある天蓋付きの寝台を与え、自分は隣室の寝椅子で夜を過ごしている。

　今だって息を潜めれば、彼の寝息が聞こえてきそうで肌がざわつく。息苦しさで寝室の窓を開けておかなければ、じっとしていられないほどだ。

　開けた窓からは、重さのある夜気がひんやりと部屋に這い落ち、ロッカラーナの身体を足元から冷たくしていった。イドリーサンザで見る月も敵国で見る月も同じはずなのに、故郷の月のようにはロッカラーナの心を照らしてはくれない。

　短く息を吐いたあと、ロッカラーナは短剣を月明かりにかざした。

　今まで短剣など扱ったことがない。ロッカラーナの周りにはいつも警護兵士がいて、自分で自分の身を守る必要などなかった。

　まして誰かを故意に殺《あや》めるなど、考えたことすらない。

　月に向かって短剣を突き立てたが、心臓の鼓動が速くなり、震える手から短剣が滑り落ちた。

「あ……」

絨毯《じゅうたん》の上で短剣がくぐもった鈍い音を立てる。

扉の向こうの気配を窺いながら慌てて短剣を拾い上げ、今度は強く握りしめた。窓から入り込む月の明かりが、短剣の柄に嵌めこまれた貴石を輝かせる。

こんなにも豪華な短剣は身分のある人間の持ち物に違いないが、やはり男性のものには見えない。誰のものだろうかと思いながら見つめていると、模様に紛《まぎ》れ込ませた装飾文字に気がついた。何かひとまとまりの言葉に思え、指で辿《たど》りながら綴《つづ》った文字は、『カザローナ』と読めた。

「カザローナ……やっぱり女の人のもの……」

思ったとおりだったことに納得するが、今度は、カザローナという女性の正体が気になった。

「……まさか、あの男の、側女だった人のものなどということがあるかしら？」

一度気がつくと名前の文字はくっきりと浮かびあがり、ロッカラーナの心を思いもかけずに激しく乱す。

カザローナという女性はいったいどこにいるのだろうか？

少なくとも今ここにいないのは確かだ。

それならば、この短剣の持ち主はアルマンスールの手にこれを残したまま、どこへ行ったのだろう。

まさか——彼に命を奪われたということなのか？

そこまで思考を巡らせたロッカラーナは胸が波立つと同時に、自分の考えが間違っていない予感がした。

おそらく、カザローナという女性はもうこの世にいないのではないだろうか。意に染まぬまま彼の側女になり、自分と同じように彼を殺すように、アルマンスール自身から煽られて、命を落としたのかもしれない。

自分の想像は外れていないような気がする。

アルマンスールは手中に収めた人間をいたぶる、異常な趣味があるのではないだろうか。あのムスタンシル王の血縁がまともだとはとても考えられない。

人前でロッカラーナを犯したことだって、躊躇った振りは見せていても内心は嗜虐《しぎゃく》の喜びでうずうずしていたに違いない。

自分の他にもアルマンスールの犠牲《ぎせい》なった女性がいる。

そう考えると、手にしている短剣がいきなり生々しいものに感じられてくる。ロッカラーナは、全身からこみあげる震えに、奥歯を噛みしめて耐えるしかなかった。

＊　　＊　　＊　　＊

翌朝、サラーフが忙しく動き回って用意した、アルマンスールとロッカラーナのための朝食のテーブルからは、香ばしい香りが漂《ただよ》っていた。

イドリーサンザでも朝食には必ず用意されていた、ゴマをまぶした円形のパンが入った籠《かご》。その隣の大皿には色とりどりの野菜と卵を炒めた故国の料理が零れそうなほどに盛られ、塩漬けオリーブの実が彩《いろど》りを添えている。

緑の濃いキュウリと熟れたトマトのサラダは目に美しく、牛、羊、山羊《やぎ》の乳で作った、数種類のチーズからの独特な匂いは空っぽの胃を直接刺激した。

「どうぞ、たくさんお召し上がりください」

かしこまった顔で、サラーフがロッカラーナのカップにルビーのように濃い赤色の紅茶を注ぐ。

「ありがとう」

昨日アルマンスールから受けた注意を思い出し、ロッカラーナは素直に礼を言う。

だが注がれた紅茶で唇を湿したが、食べ物に手を出す気持ちにはなれない。

お腹は空いているものの、結局昨日はほとんど一睡もできなかったし、目の前にアルマンスールがいては、緊張して食べ物が喉を通るはずもない。

夕べの食事はサラーフがベッドまでトレイを運んでくれたが、さすがに今日から特別扱いはないということなのだろう。

ロッカラーナは目を伏せ、アルマンスールと視線が合わないようにしながら、サラーフがとりわけたチーズの欠片をさらに小さくして口に押し込む。

「食欲がないのか」

いきなりアルマンスールに声をかけられて、ロッカラーナは全身に鳥肌が立った。

怖い――身体中の血が逆流して指の先まで冷たくなり、手にしていたフォークを取り落としてしまう。すかさずサラーフが駆け寄り「お取り替えします」と言いながら拾い上げてくれたが、動揺は治まらなかった。

「あ……ありがとう……」

ぎこちなく言ったロッカラーナは、震える指先を温めようと唇に指を当てて、吹きかけた息で、強ばりを解《ほぐ》そうとした。

目の前の男が怖くてたまらない。

昨日はこれほど怖ろしくはなかったはずだ。けれど、衝撃と興奮で占められていた頭に冷静さが戻ってくるにつれ、あのときの恐怖が湧き上がってきた。

ムスタンシルのように下劣な欲望があからさまではない分、腹の内が見えなくて、逃げ道すら見つけられない。もしかしたらムスタンシルに囚われるよりも、もっと怖ろしいことになるのかもしれない。死なないのならば、アルマンスールよりも、ムスタンシルに従うほうがましだったのだろうか。

何か大変な間違いを犯してしまったような予感に、ロッカラーナは血の気が引いて、テーブルに手をつく。

「寝てないのか？」

じっとこちらを見ていたらしいアルマンスールが静かに聞いてくる。

「――獣の隣で眠れるほど、私は無神経ではありません」

弱っているところを見せたら襲いかかってくるかもしれないと思い、ロッカラーナは必死に怯えを隠して、虚勢《きょせい》を張った。

「やせこけて不味そうな獲物を食うほど、俺は飢えていない」

淡々と切り返してきたアルマンスールは、「サラーフ、ロッカラーナに麦粥《むぎがゆ》を作るように、厨房に頼んでくれ」と命じた。

一礼をしサラーフが出ていくと、アルマンスールが席を立つ。

「サラーフが粥を持ってくるまでしばらくかかるだろう。俺も王の謁見があるから夜まで戻らない。一人でゆっくり寝ていろ」

ロッカラーナの返事を待たず、アルマンスールは部屋を出ていき、辺りが静寂《せいじゃく》に包まれた。

あの男は夜まで帰ってこない……そう思うと一時的にでもほっとした。

緊張が弛んだ途端、ロッカラーナは急速な睡魔に襲われる。

サラーフは当分戻らないだろう。

目眩《めまい》をこらえて寝室に戻ったロッカラーナは、寝台に倒れ込み、意識を失うように眠りに落ちた。


暗い夢の中に真っ赤な血しぶきが飛び、ロッカラーナの胸を濡らした。

――お父さま！

真っ赤に染まる腹を押さえ、玉座を滑り落ちる父を嘲笑するハサンの顔。

――お母さま！

夢の中では声にならず、大切な人たちの惨い姿を前にして唇だけが虚《むな》しく動く。

――助けて！

また場面が変わり、男たちの好奇の視線を受けて肌を顕わにされたとき、ロッカラーナは海の底から浮き上がるように暗い眠りから覚めた。

「……なんて夢……」

着ていた絹の衣が冷や汗でぐっしょりと濡れている。

起きていても寝ていても、自分の心は休まらない。

せっかくサラーフが持ってきた粥も満足に食べられず、その夜も現実と夢の境《さかい》がわからない悪夢に苛《さいな》まれながら、ロッカラーナは一夜を過ごした。

この先もずっと、こうやって自分は生きていくのだろうか。父と母を目の前で殺された怒りと哀しみ、そして何もできなかった後悔にまみれ、王女としての誇りも保てないまま、命だけを細々と繋いでいくのか。

そんなことはできない。父も母もロッカラーナが惨めなまま生きることなど望まない。これ以上アルマンスールに従うなどもってのほか。

殺してみろ、と言うなら、望みどおりアルマンスールを殺してやろう。

そして自分は、両親のあとを追うのだ。

眠れぬまま二夜を過ごしたロッカラーナは、三日目の夜にそう決めた。

自分を辱めた男と、扉一枚を隔《へだ》てて眠るなど、絶対に無理だ。

窓の向こうで、深夜と思えないほど満月が明るい光を放ち、ロッカラーナに根拠のない勇気を与える。

僅かの間に、すっかり痩せてしまった身体を起こし、右手の短剣を握ると、ベッドからすべり下りる。あいているほうの手で白絹の夜着の裾を摘み上げ、裸足のまま足音を忍ばせて扉に向かった。

音がしないように気をつけて扉を開け、細い隙間から隣室の様子を窺う。

天蓋もない寝椅子にかかった駱駝《らくだ》色の毛布が人の形に盛り上がっていた。アルマンスールだ。

細く開けた扉から息を潜めて隣室へ入る。

敷き詰められた絨毯は足音を吸い取ってくれる。ロッカラーナはごく静かにアルマンスールの枕元に忍び寄ることに成功した。

目を閉じているアルマンスールからは鋭さが消え去っていて、整った顔立ちは静かで知的にも見える。

自分にあのようなおぞましいことをした男とは思えないほど、清廉さが漂っている。

だが見た目で誤魔化《ごまか》されるなんて、ばかばかしい。

短剣のもともとの持ち主「カザローナ」という女性も、アルマンスールに恨みがあるなら、きっと自分に力を貸してくれるだろう。

ロッカラーナは震える手に短剣を握り直して、息を詰めて振りかざした。

そのときだった。

「っ……置いていかな……っ……」

静かに眠っているとばかり見えたアルマンスールの口から、呻きめいた言葉が零れ、ロッカラーナはかざした手を止める。

気づかれたと思い、血の気を引かせながらも、ロッカラーナはおそるおそるアルマンスールの顔を覗き込んだ。

「……二人で暮らし……必ず……」

どうやら寝言のようだが、夢の中で何を見ているのか、アルマンスールの端整な顔が歪んでいる。まるで誰かへの誓いのように洩れた言葉に、ロッカラーナは驚いた。

王にへつらいながらも、どこか怖い者知らずに見えるこの男がいったい誰に縋り、約束を与えているのだろうか。

不意にロッカラーナは短剣に刻まれた名前とアルマンスールの懇願を結びつけた。

もしかしたら、カザローナの夢を見ているのだろうか。

カザローナという女性を手放すことは、アルマンスールの望みではなかったということだろうか。

だが迷っている時間も、秘密を解き明かす余裕もない。

今ならこの男を殺し、苦しみから自由になれる。

ロッカラーナはもう一度短剣を振りかざすと、自分にできる精一杯の力で、剣を振り下ろした。

人を殺めることはおろか、剣など使ったこともないロッカラーナは、刃が人を貫くときの予想すらできない衝撃に備えるため、歯を食いしばった。銀色の刃が、眠るアルマンスールの胸に刺さる寸前、怖ろしくなって目を閉じる。

神さま、私をお守りください。そしてこの役目をどうぞ果たさせてください——祈りとともに刃が胸を貫くはずだった。しかし、その手が、強い力で押さえられる。

はっと瞼を開くと、胸に刃が刺さるぎりぎりの高さで、アルマンスールがロッカラーナの手首を握り取っていた。

「そんなに音を立てては、目を覚ませと言っているようなものだ」

ロッカラーナの手から短剣を取り上げて、アルマンスールが半身を起こした。

夢の中でうなされ懇願していた気配は欠片もなく、平静な目でロッカラーナを見つめてくる。

「……音なんか立てていません」

喉がひりつくのをこらえ、ロッカラーナは否定する。

「誰かが動けば室内の風が変わる。おまえの夜着の衣擦れの音がする。耳飾りや首飾りの石が触れ合うのもわかる。ざっとあげただけでもこれだけの気配と音がある。まして今夜は満月だ、人を殺めるには明るすぎる」

アルマンスールは厳しい表情で続ける。

「人を殺したいなら、新月の夜だ」

ぞっとするような低く掠れた声でアルマンスールは言う。

「闇に目を慣らして息を殺せ。近づくときに背を低くして、狙う相手に影さえも見せるな。

それから一切の衣服と装飾品を取り去って、裸で乗り込むぐらいの覚悟がなければ、人の命は奪えない。覚えておけ」

「っ……」

悔しさと同時に、今のロッカラーナではこの男には敵《かな》うはずがないと悟った。この男は心の中にどんな葛藤を抱えていようと、表に出さない胆力《たんりょく》があることを認めざるを得なかった。

「おまえ、短剣を使ったことがないだろう」

ロッカラーナの手を取り、短剣を逆手に握らせる。

アルマンスールに触れられると、肌が勝手に粟立《あわだ》つ。女性としての尊厳を奪われる辱めを受け、ロッカラーナはこの男の手が怖くなっているようだった。

ロッカラーナの怯えた顔色をちらりと見たアルマンスールは、握った手をすっと離して言葉を続ける。

「寝ている相手を一気に仕留めるつもりなら、そうやって握るんだ。手がぶれずに、目的の場所に力を込めて刺すことができる。わかったら少しは訓練でもしてから来てくれ。眠いのにいちいち起こされてはかなわない」

寝室へ戻れ、と手で合図して、アルマンスールは寝椅子に横になろうとした。

剣を握らせておいて、また無防備な姿勢になるアルマンスールに、ロッカラーナは一言

言わずにはいられない。

「……あなたは……私に殺されてもいいと言いました」

「言ったぞ」

「だったら、逃げなくてもいいではないですか？　結局は私を嘲笑《あざわら》うための遊びだったのですか」

黙って殺される人などいないと知りながら、ロッカラーナの前に命をさらけだすような、あまりに悠然《ゆうぜん》とした様子に彼の真意がわからず、聞かずにはいられない。

「まさかと言いたいところだが、何を言ってもおまえは信じないだろう」

短剣を握りしめて肌を粟立てているロッカラーナを、アルマンスールはじっと見つめる。

「おまえは俺が生きていることを許さないと言った。本当はムスタンシル王のことなどどうでもいいほど、俺が憎くてたまらないんだろう？　誰より憎いその俺が死んだら、おまえの生きる意味も気力もおそらくなくなってしまうはずだからな」

まるでロッカラーナの先ほどの決意を知っているかのような口ぶりだった。

「……私が生きようが死のうが、あなたには関係ないのではないですか？」

「そうだな。だが俺は死ぬより生きるほうが難しいと思う人間だ。どれほどの人間が生きたいと思って死んだと思う？　だから難しいことをやらせたくなった。それだけだ。……もういいか？　今宵は諦めてさっさと寝ろ」

そう言ったアルマンスールは今度こそ、ロッカラーナに背を向けて寝台に横になった。

為《な》す術《すべ》もなく寝室に戻ったロッカラーナは、再び寝台に横たわり、枕元に短剣を置く。

「生きるほうが難しい……」

アルマンスールが言ったことを呟《つぶや》いてみる。

あの王弟は、何故ロッカラーナを生きさせようとするのだろうか。

どれほどの人間が生きたいと思って死んだか、とアルマンスールは聞いてきた。その中には大事な人もいたのだろうか。

カザローナ……。その名がふいに浮かんできた。

まさかカザローナという女性は、何か不慮《ふりょ》の出来事で亡くなったのだろうか。

たとえばムスタンシル王のせいで――。

そう思えば、とりとめもなく散らばったものが一つの形を成してくる気がする。

この国に攫われてきたとき、ムスタンシルは自分を手に入れようと画策《かくさく》し、それが叶わないと知ったとき、ロッカラーナの命を奪おうとした。それを止めたのはアルマンスールだ。

本来ならロッカラーナの憎しみの刃をその胸で受け止めるのは、ムスタンシルなのだ。

ロッカラーナの胸の奥底にはムスタンシルへの激しい怒りと、憎悪と侮蔑が深い根をおろしている。けれど、今の立場では抗うこともままならず、行き場のない負の感情は、アルマンスールを憎み、命を奪うという代償で、眠らされている。

――王女を生かして、王への無礼を償わせてはいかがですか？

――死ぬことは許さない。おまえは俺の奴隷として生きるのだ。

アルマンスールの提案は、ロッカラーナの王女としての誇りに傷はつけても、女性としての尊厳を守ろうとするものだったのかもしれない。

あのような場所で、女性を抱くのはよほどおかしな趣味を持つ男でなければ、やりたくないはずだ。

――おまえの頭は飾りかと……たまには面白いことも思いつくのだな。さすがに後宮の女から生まれただけのことはある。

ムスタンシルが彼に向けた嘲りを思い出せば、彼もまた、この宮殿で不当な扱いを受けているのだとおぼろげに察することもできる。

「生きるほうが難しい……って、自分のことなの？　それとも……カザローナという人なの？」

アルマンスールの立場がわかりかけてくるような気がした。

だが彼がムスタンシルに嘲弄されていたとしても、人前で自分を陵辱した事実が消えるわけではない。

幼い頃は父に抱きしめられることが好きで、大人になってからも父の手を取ると、勇気が湧いた。イドリーサンザの王女として、たくさんの兵士たちが守ってくれ、ロッカラーナは感謝こそすれ、逞しい男たちを一度も怖いと思わなかった。

大人の男性は自分を守ってくれる人たちだと、そう信じていたのが、あのとき「違う」のだと思い知らされた。

今は誰も彼もが自分を傷つけてくるような気がして、身を引いてしまう。

アルマンスールはあの夜以来何かを透かし見る目つきでロッカラーナを見つめ、あまり近くに寄ってこないので正直ほっとしていた。

寝室にアルマンスールが来なければ、他の人間は誰も入ってこない。それでも身体の奥底にある怖れに悩まされたロッカラーナは、短剣を枕元において目を閉じた。

だが、やはり今日も泥に引きずり込まれるような気味《きみ》の悪い眠りしかロッカラーナには訪れず、悪夢は終わらない。

イドリーサンザで父と母に手を取られて笑っていると、いきなりロッカラーナの頭の上から血の雨が降り、父と母が消える。

その後は、ムスタンシルの前で顔のない男に犯される。

――いや、いや、助けて！

その声は音になったのだろうか、自分の声に自分で驚いて目が覚めた。

「……あ……」

生々しい恐怖に竦《すく》み、自分を守るように身体を両腕で強く抱えた。

それでも収まらない激しい鼓動をこらえ、ロッカラーナは半身を起こして肩で息を吐く。

「……お父さま……お母さま……助けてください。私を……もっと強くしてください」

顔を覆い切羽《せっぱ》詰まった願いを呟くロッカラーナは、細く開いた扉から、こちらを窺うアルマンスールに気づくことはなかった。

＊　＊　＊　＊

満足に眠ることができないロッカラーナは、昼間も無為《むい》に過ごすことが多くなり、自分が何をしたいのか、何をしたらいいのかもはっきりとわからなくなってきていた。

人の声を聞くことすら苦痛に思えて、寝室に閉じこもり虚《うつ》ろな気持ちで窓の外を見ていると扉を叩く音がして背筋を伸ばす。

心身ともにボロボロではあるが、そんな姿を敵国の者に晒したくない。

「お入りください」

だがロッカラーナの許しを得て扉から入ってきたのは、大きな白い鳥だった。

「え？　何？」

その鳥は、突然放たれたらしく、甲高い鳴き声をあげながらばたばたと羽音を立てて、部屋をぐるぐると飛び回る。

「何？　鳥？」

動物はとても好きだ。

イドリーサンザで平和な暮らしをしていたときは、大きな犬やふわふわの猫がたくさんいて、ロッカラーナにもよく懐《なつ》いてくれていた。

だが、こんなに大きな白い鳥は見たことがない。止まるところを探しているのか、黒く太い足を向けて飛びかかってくるのが次第に怖くなってきた。しかも黒い嘴《くちばし》は鉤《かぎ》型で、今にも噛みついてきそうだ。

「来ないで、来ないで」

頭を抱えて逃げ惑うと、笑い声が聞こえてきた。

「そうやって逃げるから、鳥も怖がって興奮するんだ。落ち着け」

「アルマンスール――！」

背を扉に預けて笑っているアルマンスールに、ロッカラーナは駆け寄った。

ピーッと鳴いた白い鳥がロッカラーナを追いかけて、急降下してくる。

「いや！」

尖った爪から逃れようとしたロッカラーナは、思わずアルマンスールに飛びついた。

「鳥が、鳥が……」

「だから、そんなに騒ぐから向こうも驚くんだぞ」

ロッカラーナの身体を軽々と受け止めたアルマンスールが、優しく抱きしめる。

「でも、あんな大きな鳥……」

息を詰まらせる背中を大きな手で撫で下ろされると、まるで父に抱かれたときのように安堵が広がった。

「そんなに大きくはないし、おとなしい」

慈愛のこもった声で言うと、アルマンスールは、片手を伸ばして「こい、メルハ」と命じた。甲高い声で鳴いた鳥が、ばさばさと羽音を立てて、アルマンスールの腕に止まる。

「……馴れているんですか」

アルマンスールに摑まったまま、おそるおそる顔をあげると、白い鳥が小首を傾げてロッカラーナのほうを向く。

確かに羽をたたむと思ったよりは大きくないし、黒い目は賢そうだ。頭の上のふんわりとした羽根だけが帽子を被ったように黄色いのも愛敬《あいきょう》があるようにも感じる。

「ああ、よく馴れている。キャラバンが売り物として連れてきた。どこか外国の鳥だそうだが、とても賢い。言葉もしゃべるぞ……メルハ、ロッカラーナだ。挨拶してみるか」

じっとアルマンスールの言うことを聞くように首を傾げていたメルハと呼ばれた鳥は、一度首を伸ばすとふわっと羽毛を膨らませた。

「……ロッカラーナ、コンニチハ」

少しくぐもってはいるが、誰が聞いてもわかる発音で、ロッカラーナに挨拶をした。

「まあ……すごい……」

素直に驚き、感心したロッカラーナがこわごわとメルハに手を差し出すと、首を伸ばした鳥がロッカラーナの指を甘噛みする。

「おとなしいだろう？」

ロッカラーナの頬に笑みが浮かぶと、アルマンスールが静かに言う。

「はい。本当に……触ってもいいですか？」

「いいぞ、優しくしてやれば暴れたりしない」

促されたロッカラーナは両手でメルハの羽根にそっと触れた。

生きものの温かい体温が伝わってきて、ロッカラーナの心を解かす。

「可愛らしいこと」

首を撫でられて、ぐるぐると猫のように喉を鳴らし始めたメルハにロッカラーナは呟いた。その間ロッカラーナはアルマンスールに腰を抱かれていたのだが、それをいつの間にか受け入れていることに彼女は気づいていなかった。ロッカラーナは彼にもたれながらメルハを撫でる。

こうしていると、イドリーサンザにいた頃の幸せな時間が戻ってきたようだ。

「おまえが飼《か》え」

驚くロッカラーナの腕にメルハを止まらせ、「いい考えだろう」とアルマンスールが笑う。

「鳥相手なら何を言っても大丈夫だぞ。俺の悪口でも教えて気を紛らわせろ。鳥なら怖くないだろう」

皮肉めいたことを言いつつも、彼の視線は温かい。

もしかしたらアルマンスールは、自分のためにこの鳥を連れてきたのだろうか。

このときになってようやく、自分からアルマンスールに触れていることに気がついて、身体がかっと熱くなる。だがアルマンスールは気づかない振りで、ロッカラーナから距離を取った。

彼のぬくもりが遠ざかったことに奇妙な寂しさを感じた自分が信じられなくて、ロッカラーナは尋ねる。

「……あの、メルハに名前を教えたのは、あなたですか？」

まさかキャラバンにロッカラーナと同じ名前の人がいたとは考えにくい。

「いや、サラーフだ」

その答えに驚くロッカラーナに、アルマンスールが静かに口を開く。

「サラーフは、おまえに同情しているんだ」

「同情……？」

ファティマナザの子どもに同情される覚えなどないロッカラーナは、誇りを傷つけられた気がして眉を寄せる。

「子どもだと侮るな。サラーフは利口な子だ。おまえが心を開かずにいることなどとうに見抜いている」

「それは……」

子ども相手に冷たい気持ちを抱いたことを責められている気がして、ロッカラーナは俯いた。

「それでも自国に争いが起きて、両親を亡くし、他国に来てしまったおまえの辛さを、子どもなりに理解している。国同士の争いで割りを食うのはいつも子どもだ。サラーフだって決して恵まれた暮らしではないが、それでもなんとかしておまえを慰めたいと思っている」

「慰め……」

王女として人にほどこすことばかりだったロッカラーナは、他人から何かをもらうことに慣れていない。今の自分が何も持っていないことをつまびらかにされた気がして、嬉しいより惨めな思いが先に立ってしまう。

「悔しいか？」

アルマンスールはそんなロッカラーナの心情を読んだように皮肉な笑みを浮かべた。

「富めるものだけが人に与えられると思うなら、おまえは本当の愚か者だ」

「アルマンスール……」

「金やものを与えられない人間が貧しいか？　何も持っていない人間は、他人を幸せにできないのか？　もっともサラーフはおまえに感謝してもらおうなどという、浅ましい気持ちで鳥に言葉を教えたわけではないだろう。ただ、おまえが笑ってくれればいいと、そう思っているだけだ」

声を荒らげるわけではないが、アルマンスールの言葉のひとつひとつが、ロッカラーナの胸に突き刺さる。

民のためと口では言いつつ、豊かなことが当たり前と思っていた自分が、どれほど傲慢《ごうまん》だったのか。

自分の誇りや不幸ばかりに拘《こだわ》り、本当の意味での思いやりを忘れていた、自分の心の狭さを説かれて、恥ずかしさに消え入りたくなった。

「鳥がおまえの名前を呼べばきっと喜ぶだろう。笑うかもしれないと言って、サラーフはメルハの世話をしながら一日中向き合って教えていた。気が向けば礼を言ってやれ」

アルマンスールの冷たい言葉の裏にある優しさと、サラーフの直向《ひたむ》きさがロッカラーナの心を開こうとしていた。

「……はい」

今の自分に何ができるわけでもないけれど、このままではいけない。

自らを哀れんでいても何も変わらない。自分より幼い子でも、精一杯に生きている事実から目を背けることなど許されない。まずはできることをしよう。それが何に繋がるかはわからないが、このままでは駄目なことだけはわかった。

「……剣の稽古《けいこ》をします」

ようやくそれだけを言い、白いメルハを抱きしめたロッカラーナの髪にアルマンスールがそっと触れた。

「そうか。おまえの剣の腕はあまり期待はできないようだが、いつでも待っているぞ」

ロッカラーナの心に芽生えた前向きな感情をすくい取るようにして笑うアルマンスールに、このときのロッカラーナは無言で頷くしかできなかった。

＊　＊　＊　＊

寝室の扉と繋がっているアルマンスール専用の中庭で、ロッカラーナは剣の稽古をする。

アルマンスールから諭された翌日から始め、一日も休まずに続けていた。

宝石をちりばめた玉製の柄を握って、思い切り振り上げる。

「はっ！」

かけ声で勢いをつけて、赤い染料で丸印を描いた木肌に突き立てたが、勢いあまった剣は印から大きく外れ、木に突き刺さった。

「……ああ、また外れたわ……力加減が悪いのかしら」

ため息をついて突き刺さった短剣の柄に手をかけ引き抜こうとしたが、思いのほか強く刺さっているらしく、びくともしない。

柄に爪を立てて、歯を食いしばる。

「んっ……抜けないわ……でもこの勢いで目的の場所に刺さるようになればいいのに」

独り言を言いながら、幹に深く刺さり込んだ短剣と格闘していると、背後から声がかかった。

「ロッカラーナさま、それはあとでアルマンスールさまに抜いてもらいます。それよりお茶をどうぞ。日が高くなってきましたので、一休みしてください」

振り返ると、木陰《こかげ》に設《しつら》えたテーブルにサラーフが茶やフルーツ、菓子を並べていた。

「たくさん召し上がってくださいね」

そう言いながら、彼はダイヤモンドを摘《つま》みにあしらった、カップの蓋を開ける。

「ラズベリーのシャルベットはお好きですか？」

カップの中でねっとりと揺れる甘い香りの液体に、ロッカラーナは急に喉の渇きを意識する。花の蜜や果汁を濃縮して作った甘い飲料のシャルベットは、老若男女を問わず好まれる嗜好品《しこう》だ。

イドリーサンザにいた頃は、薔薇やジャスミンのシャルベットを好んだが、今はなんの味でもありがたい。

「ありがとう、嬉しいわ」

花びら模様を刻んだ金色のカップを取り上げ、唇をつけようとしたロッカラーナは、椅子にも座らずに無花果《いちじく》の皮を剝いているサラーフに軽く眉を寄せる。

「そんなことは今しなくてもいいわ。サラーフもお座りなさい。一緒にシャルベットをいただきましょう」

隣の椅子を引いて手招きすると、サラーフが困った顔をする。

「……いいえ、僕はいいです」

「どうして？」

「これは僕の仕事ですから。仕事をちゃんとやらないと、アルマンスールさまに叱られます」

視線を落とし、サラーフは果物の皮を剝くのに一所懸命な振りを装う。

「サラーフが真面目に仕事をしているのは、彼もよくご存じよ。それよりも私が一人だけでお茶を飲んだりしたら、思いやりがないと言って、きっと私が叱られてしまうわ。だから一緒にお茶を飲むのも、あなたの仕事なのよ」

にっこりと笑ってもう一度誘うと、彼はおずおずと椅子に腰をおろす。

それを見届けたロッカラーナが、金色のポットに入ったシャルベットを同じく金色のカップに注いで渡してやると、遠慮がちに口をつけた。

サラーフも疲れていたのだろう。甘い液体に目を輝かせ、喉が嬉しげに動く。

日中の暑さは激しく、充分な休憩と水分、そして甘みをとらなければ身体が保《も》たない。果物や菓子は、暑さの厳しいこの国では贅沢品というよりも必需品だ。朝からずっと動き回っているサラーフは元気そうに見えても、折《おり》を見て休ませてやらなければ身体が参ってしまう。

もう季節は充分に夏だ。日中の温度は大人の男でも堪える。

ロッカラーナは、サラーフが半分剝いていた無花果の載った銀の皿を引き寄せて、自ら剝き始めた。

無花果はイドリーサンザの特産で、幼い頃からよく食べていた。指に伝わってくる果皮の柔らかな毛羽《けば》立ちが懐かしく、胸が疼く。

「あ、ロッカラーナさま……それは僕が……」

「いいの。何もしないと退屈だもの」

熟れた無花果の皮は指の先でもするすると向けて、ロッカラーナの屈託も少しだけ薄くなる。

イドリーサンザの地から引き離されてもう二月《ふたつき》。

あまりに近く、そして遠い。昨日のことのようにまざまざと思い出せるのに、決して戻ることのできない過去だ。

ロッカラーナは、今の立場に焦燥《しょうそう》を覚えながらも、どうすることもできないでいた。剣の腕はさっぱり上達せず、ひたすらアルマンスールの側で現状に甘んじる日々だ。

「ロッカラーナさまは、退屈だから剣の練習をしているんですか？」

無花果を剝き終え、陶器のボールで指先を洗っていたロッカラーナに、サラーフが無邪気に尋ねてくる。

毎日飽きもせずに、木の幹に短剣を突き立てる訓練をしている理由を聞かれ、ロッカラーナは考える時間を作るためにカップを唇に当てた。

もし「アルマンスールの心臓に間違いなく剣を突き立てるためだ」と言えば、サラーフはどう思うだろう。

びっくりして、他国からきたロッカラーナが、何か大変な誤解をしていると考えるはずだ。

——あなたを殺すまで、私は死ねません。

——やると決めたら必ずやります。

言ったときは、本当にそのつもりだった。

けれど今はどうだろう。ロッカラーナは自分の心をこわごわと覗き見る。

あのとき大火のように燃え上がった怒りは、熾火《おきび》になり、もしかしたら消えようとしているのかもしれない。けれどそれを認めてしまえば、また生きていく理由がなくなりそうで、ロッカラーナは自分の気持ちに蓋をする。

そして何よりロッカラーナを戸惑わせているのは、アルマンスールに対する周囲の評価だ。

アルマンスールの部屋とこの中庭だけが今のロッカラーナの小さな世界だが、それでもいろいろな話は耳に入る。

二日ほど前、夜更けに目覚めたロッカラーナは、月に誘われて中庭に出た。手入れの行き届いた中庭は高い塀に囲まれて、外敵を心配せずに昼夜を問わず落ち着ける場所だった。おそらくアルマンスールはロッカラーナが庭に出たことは音で気がついているのだろうが、自分が許した場所にいる限り、こちらのやることに口は出さない。

少し強い夜風に当たっていると、風の流れのせいなのか、石塀の向こうからムスタンシル王の臣下と思われる男たちの密やかな会話が流れてきた。

深夜、宮殿の中心部から離れたこんな場所では、誰も聞く者がいないと気を許したのだろう。生々しい本音が洩れる。

『――は、アルマンスールさまを、ないがしろにしすぎではないでしょうか。あの方の勇猛さは他国にも鳴り響いているというのに……』

感情は押し殺していたが、口調は苦々しい。

『アルマンスールさまがいることで、他国が我が国に攻め入るのを躊躇っているのは周知の事実だ……もっと優遇されて当然の方だ』

同意する相手の声にはアルマンスールへの同情が浮かぶ。

『どう見ても、王がアルマンスールさまを必要以上に侮っているとしか思えないときがあります』

『確かに普通の人間なら、とっくに忍耐が切れているだろう』

『……特にあのイドリーサンザの姫の件では……』

自分が話題に上ったことで、ロッカラーナは息を詰めて聞き耳を立ててしまう。

だがもう一人が『しっ』と押しとどめる。

『あれは止められなかった我々にも責任があるのだ。軽々しく口にはできない。忘れるのがアルマンスールさまへの礼儀だ』

『おっしゃるとおりです。あれほど馬が合わないというのに、決定的に王を怒らせることをしないのは、アルマンスールさまの深い思慮があればこそ。いっそ、あの方が王になってくだされればファティマナザも元のような国に……』

まだ若そうな声の男性のほうが、吐息で語尾を濁《にご》した。

『言い過ぎだ』

一応諭したものの、年嵩《としかさ》の臣下もため息をついて、本音を洩らす。

『出自が劣《おと》るというだけで、アルマンスールさまが今の立場に甘んじていらっしゃるのは、本当に惜しいことだ。だが、カザローナさまのこともある。王に逆らえば何があるか、骨《ほね》身《み》にしみてわかっていらっしゃるのだ』

――カザローナ。

不意に耳に飛び込んできた名前に、ロッカラーナの心臓が早鐘《はやがね》を打つ。

想像とは逆にカザローナという女性は、アルマンスールの大切な人だったのだ。そしてロッカラーナが想像したように、その人はムスタンシル王のせいで命を亡くした。

怖ろしい予測が当たっていたことに身体が震えたが、その場を立ち去ることができない。アルマンスールの身の上に何があったのか、本当のことが知りたかった。

『いまだに月の薄い新月の夜は、宮殿を抜けてどこかへ出ていかれるとか……あの勇敢な方が、ひどく神経を昂ぶらせ、新月の夜には決して兵を出さないと聞いています』

『前王のシャイバーンさまが後継者をきちんとお決めになってくださってさえいれば、このようなことにはなっていないだろう。我々臣下も常に先を見越して進言しておくべきではあったが、急逝《きゅうせい》されたのが返す返すも残念でならない』

慚愧《ざんぎ》の念が言葉に滲む。

『それは……ムスタンシルさまが一服盛《いっぷく》ったというのは……』

『黙れ！』

夜気がいっそう冷えるような声だった。

『それは言ってはならないぞ。言った者も、聞いた者も、全ての者たちに禍が降りかかる』

『……申し訳ありません』

叱責した臣下も、されたほうも、思うところがあるのか、深いため息をついたあと、足音が消えていった。

彼らの会話の意味について考え込んでしまったロッカラーナは、室内に戻ったときにはすっかり身体が冷え切ってしまっていた。

王宮は本当か嘘かわからない噂や耳打ち話に満ちている。

城に流れる噂は尾ひれがつき、あらゆる粉飾《ふんしょく》がほどこされることを、王宮に育ったロッカラーナはよく知っている。全てを本気にしていては身を滅ぼしかねず、嘘だと侮《あなど》れば足を掬われる。

だがアルマンスールが現王のムスタンシルに比して、臣下から高い評価を受けていることは間違いない。その上、前王で実父のシャイバーンをムスタンシルが毒殺したということが、ファティマナザの王宮では誰もが口に出さずとも、事実と思われているようだ。

シャイバーン王の急逝は、ロッカラーナも父が存命の頃に聞いた。

――頑強だと思っていたが、人というのはわからないな。有能な人物だったが、残念なことだ。

他国の父でさえそう悼《いた》んだファティマナザの王の死は、息子によってもたらされたものなのだろうか。

だが偶然聞いてしまったひそひそ話だけではなく、日がな一日王宮にいるロッカラーナの耳には、いろいろな噂が聞こえてきていた。

多くのファティマナザの民が、心の内でファティマナザの王として、アルマンスールを望んでいる。彼の母が身分の低い女性であったことは、この際問題ではないようだった。

けれど幼い頃亡くなった母の控えめな気質を受けついだらしく、アルマンスールは目立ちたがらず、王位に興味はないらしい。ムスタンシルに逆らうこともなく、自らファティマナザ国の舵取《かじと》りをするつもりもない。

多くの人から認められる才と強さを持っているのに、あの人は「生きる」だけでいいのだろうか。

近頃、ロッカラーナの心に、彼を知りたいという思いが知らず知らずに生まれていた。

「サラーフ、アルマンスールさまはどういう方なの？」

最後の一滴までシャルベットを残さず飲み干そうと、カップを傾《かたむ》けているサラーフに尋ねる。

「えっと……」

びくっとカップを握りしめたサラーフは、利発《りはつ》な黒い目を瞬かせた。

「どういうって、とにかく強い方です」

迷いなく答えて、サラーフはロッカラーナを真っ直ぐに見た。

「とても強いです。ファティマナザで一番強いです」

「一番？」

子どもらしい大げさな言葉遣いだと思いながら微笑むと、サラーフがきっと目線を強くする。

「本当です。ロッカラーナさまは違う国の方だからご存じないかもしれませんが、ファティマナザの軍隊で最強の一団はアルマンスールさまが率いています」

まるで自分のことのように、サラーフは胸を張る。

「アルマンスールさまは『漆黒《しっこく》のアスラン』って呼ばれてるんです。兵を率いるアルマンスールさまをご覧になったら、呼び名の意味がわかりますよ」

「漆黒のアスラン……」

そういえばイドリーサンザにいた頃、そんな噂を聞いたことがあった気がする。

ファティマナザに『漆黒のアスラン』――黒いライオンを意味する呼び名を持つ、勇猛《ゆうもう》果敢《かかん》な男がいると。

ロッカラーナがアルマンスールの寝込みに忍び込んだとき、微かな気配を察して危険を回避したことを考えれば、サラーフの言うことはあながち嘘ではないだろう。

だがロッカラーナは捩れた出会いのせいで、アルマンスールを真っ直ぐに見ることができない。彼を認めてしまえば、何かが変わってしまう予感がして怖かった。

「……そんなに強いの」

「強いです、すごく」

さらに胸を張るサラーフに、ロッカラーナは「だったら何故、ファティマナザの王の暴挙を止めないのか」と聞いてみたい。

父を裏切りハサンに手を貸したファティマナザの兵士はアルマンスールの配下の者ではないのか。少なくとも自分の国の兵士が間違ったことをしているのなら、諭すのが王弟であり、上官の役目だろう。

「そんなに強いなら、王になればいいのに……」

つい呟いてしまうと、サラーフの顔が曇り、言葉が詰まる。

「……アルマンスールさまは……なんていうか、半分しか王さまになる権利がないので、ムスタンシルさまの上にはなれないんだって、聞きました」

大人の噂話を耳に入れて、子どもなりに解釈《かいしゃく》したのだろう。ロッカラーナは曖昧《あいまい》な笑みで頷く。

――カザローナさまのこともある。

聞こえてきた噂に交じっていた「カザローナ」という女性の名前は、本当に誰なのだろう。彼女に起きた出来事で、ムスタンシル王がどういう人間か、アルマンスールは思い知らされたらしい。

やはり、恋人――。

そう思うと、妙に胸が騒いでロッカラーナはいたたまれない心持ちになる。

渡された短剣が美しく装飾された女性用だったことも、ロッカラーナの気持ちをざわめかせた。

「カザローナ……」

心に強く残った名前が口をついて出ると、サラーフが首を傾げる。

「カザローナさまってどなたですか？」

きょとんとした表情に嘘はないように見える。普通には知られていない女性なのだろうか。

「何でもないわ。故郷のお友だちよ」

笑顔で取り繕い、ロッカラーナは剥き終えた無花果をサラーフに勧《すす》める。

「おあがりなさい。甘そうよ」

「あ……それは、ロッカラーナさまが召し上がってください。アルマンスールさまがわざわざ、ロッカラーナさまのために取り寄せたんですから」

当たり前のように言われて、ロッカラーナは「どういうこと？」と首を傾げた。

「この果物はロッカラーナさまのお国、イドリーサンザの名物なんですよね。アルマンスールさまがそうおっしゃって、ロッカラーナさまのお国から運ばせたって聞いています。今朝届いたばかりですよ」

きっとロッカラーナが喜ぶと思ったのだろう。サラーフは嬉しそうに説明する。

「……ではこれは……イドリーサンザの無花果なの？」

瑞々しいオレンジ色の果肉をもう一度見つめた。

何故アルマンスールはわざわざ自分のために、この果物を取り寄せたのだろうか。

気まぐれな親切なのか。

それとも、もう二度と戻ることのない故国を思い出させ、ロッカラーナに今の立場を思い知らせたいのだろうか。

だがそれならば、もっと良い方法がある。

ロッカラーナを辱めることだ——あの日のように。

自分のものだと言い放ち、毎夜ロッカラーナを抱いて、逃れることのできない屈辱の中に落とせばいい。

なのに、アルマンスールはあの日から一度も、ロッカラーナに触れない。

――おまえの剣の腕はあまり期待はできないようだが、いつでも待っているぞ。

あの言葉が本当なら、さすがに自分の命を狙う者との同衾《どうきん》は、避けているということだろうか。

「そうよ……きっとそうよね」

「はい、そうです。ロッカラーナさまのお国の果物です」

ロッカラーナの呟きを別の意味に取ったサラーフが、にっこりと頷く。

サラーフの勘違いをそのままにして、ロッカラーナは無花果を口に含んだ。

清涼感のある甘さが口中に広がり、ロッカラーナは幸せだった故郷の日々が甦りかけるのを、無理やり抑え込む。今、過去を思い出しても自分を弱くするだけだ。

ロッカラーナは心の内に湧き起こる思いを振り切って、サラーフにも果物を食べさせ、話を変えた。

「そういえばサラーフのお祖母様と弟は遠くにいらっしゃるのよね。お家の人にお手紙を書くの？　弟が寂しがっているでしょう」

打ち解けてから聞いた話だが、サラーフの両親は戦火の犠牲になり、祖母と弟が小さな畑をたがやしながら田舎で暮らしているらしい。サラーフは早く一人前になって、二人と一緒に暮らすのが夢だと黒い目を輝かせた。

孤独なのも辛いのも自分だけはないと笑う少年に隠された苦しみに寄り添う。

「はい。できればそうしたいです。でも……弟は手紙を読めませんから」

少し残念そうにサラーフは目を伏せる。

「……そうだったの……ごめんなさい……弟さんは目が悪いのかしら？　お医者さまには見せた？　アルマンスール殿下に相談してみたらどうかしら。いいお医者さまなら、ここにはたくさんいらっしゃるでしょう」

イドリーサンザに比べ、ファティマナザの医療が進んでいることは聞き及んでいる。城に連れてくればなんとかできるのではないかと思い、ロッカラーナが尋ねると、サラーフが目を丸くして首を横に振った。

「違います。目はすごくいいです。そうじゃなくて、字が読めないんです」

最後は残念そうな口調になり、ロッカラーナは驚く。

「どうして？　ファティマナザは小さな村でも、子どもたちに文字や算数を教える先生がいると聞いたことがあるわ」

医術が進んでいるのは、ファティマナザが国を挙げて国民の教育に取り組んでいるからだと父に聞かされたことがある。

特に、前王のシャイバーンは「民に教育を与えれば国力が増す」と、子どもの教育に力を入れていた。父もその点には高い関心を抱き、シャイバーン王の考え方に同意し、敬意を払ってもいた。

それなのに、サラーフの弟は文字が読めないらしい。父の話は、ファティマナザの王が他国を欺《あざむ》くために嘯《うそぶ》いたことだったのだろうか。

「あ……あの」

下を向いたサラーフは、珍しく言葉に詰まる。

「今の王さまになって……あの、そういうのはお金の無駄だからって……なくなったんです……いろいろ他にお金がかかるそうです……国のために他に使うところがあるってことです。政治的判断？って言うんですか？　難しいことは僕にはわからないですけど。王さまがそう言うのなら、仕方がないです」

子供心に恥ずかしいと思っているのか、悔しいと感じているのか。

たぶんその両方なのだろう、サラーフの頬がぱっと赤くなって、唇がきつく結ばれる。

「お祖母ちゃんは畑で忙しくて、時間がないんです。いつか一緒に暮らすようになったら、僕が教えてやります。僕もそんな習ったわけじゃないから、あんまり得意じゃないですけど……」

――国同士の争いで割りを食うのはいつも子ども。

ロッカラーナの素っ気ないサラーフへの態度を、アルマンスールがやんわりと諌《いさ》めたことを思い返さずにはいられない。

文字を読めないのはサラーフの弟のせいではないし、学校がないのもサラーフのせいでもない。祖母が両親を亡くした孫を食べさせるだけで手一杯なのは当然だ。

誰も悪くもないし、恥じる必要もない。

恥ずかしく思わなければならないのは、子どもからその場所を奪ったムスタンシル王だ。

だがこの場で原因を突き詰めて、これ以上サラーフを哀しませることはできなかった。

ただ深いため息と一緒にロッカラーナは、呟きを零す。

「なんだか……とても残念ね」

「何が残念なんだ？」

不意に背後から聞こえてきた声に、ロッカラーナはびくんと背筋が伸びた。

「アルマンスールさま！」

暗くなってしまった雰囲気に縮こまっていたサラーフは、ほっとしたように声をあげた。

「お疲れ様でございます」

ロッカラーナも立ちあがり、黒い短衣に腰帯、シャルワール姿のアルマンスールに頭を下げる。

心では承伏《しょうふく》していないが、自分はもう王女ではなく、この男の「側女」だ。自分の立場を自覚できない愚かな女だと思われるつもりはない。

アルマンスールの命を奪おうとして失敗し、彼の器の大きさを知った。先を見据えているようなあの男に、自分の役割を果たさない愚かな女と思われたくない。腹を括《くく》ったロッカラーナは、側女としての振る舞いを始めていた。

エメラルドと金を連ねた首飾りと耳飾りをしゃらしゃらと鳴らし、ロッカラーナは深く小腰を屈めた。

ぎっしりと刺繍の入った瞳と同じ色のアンテリも、重たいぐらいの装飾品も、アルマンスールが「側女」である自分に与えたものだ。ロッカラーナが「女」としての価値しかないことを思い知らせる道具だ。

もしかしたら王女でいた頃よりも、ロッカラーナのいでたちは華やかで、その美貌も一段と際立っているかもしれない。

だがアルマンスールは自分が着飾らせた側女に少しも心を動かされる様子もなく、ロッカラーナに欲の感じられない視線を向けた。

「どうした、ロッカラーナ。顔色が悪い」

素早く、ロッカラーナの気鬱《きうつ》を見抜く。

王弟とはいえ、王のやることに逆らえないこの男に、今の驚きを伝えるだけ無駄だろう。諦めを感じながら、ロッカラーナは視線を逸らせ、早口になる。

「サラーフの話に少し驚いていたものですから……」

「驚いた？　何だ？」

サラーフがカップに注いだシャルベットを立ったまま受け取りながら、アルマンスールは軽く眉をひそめる。

「たいしたことじゃないです。僕の田舎のことです……ロッカラーナさまはお城にばかりいらっしゃるから……見たこともない田舎のことがきっと怖いんですよ」

サラーフの唇が震え、何も言わないでほしがっていることがわかった。

今の王を批判したことを知られたくないのだろう。

さすがにアルマンスールが、そんなことでまだ幼いサラーフを咎めることはないだろうが、ムスタンシル王の専横《せんおう》を肌で知らされたロッカラーナは、サラーフの怯えもまた理解できる。

「別に何も怖くはないわよ、サラーフ。けれど……本当にたいしたことではありません、アルマンスールさま。たあいない戯《ざ》れ言《ごと》です」

ロッカラーナもサラーフに話を合わせる。

明らかに安堵したサラーフの様子に、アルマンスールは勘良く何かを察したらしい。

「狼も逃げ出すほど気の強いおまえが驚くようなことだ。俺なら卒倒《そっとう》するだろう。聞かないでおいたほうがいいな」

ロッカラーナをからかいながら、重たくなりかけた雰囲気を変える。

失礼な言い草だとは思うが、アルマンスールの配慮はありがたい。ロッカラーナは、軽く頭を下げることで軽口をやりすごした。

「まあ聞かなくても、面白くて驚くことなら、目の前にあるな」

「何ですか？　アルマンスールさま」

楽しげなアルマンスールの口調に乗せられて、元気を取り戻したサラーフが素直に尋ねる。

「これだ」

シャルベットの注がれたカップを手にしたまま、アルマンスールはロッカラーナが短剣訓練の標的にしていた大木に歩み寄った。

「それはロッカラーナさまが練習で……」

「わかっている。いつものことだ」

サラーフが全部を説明する前に、アルマンスールはカップを持ったまま、軽々と片手で短剣を引き抜く。

「これだけ毎日やっても動かない的に当てられないとは、本当に驚くぞ。ある意味才能だな。わざとやっているとしか思えない」

「わざとではありません」

気が強いと言われた手前、遠慮せずに言い返す。

だがロッカラーナも理由がよくわからない。

イドリーサンザにいた頃、自分用の懐剣は持っていたが、使ったことも、練習をしたこともない。警備の兵が側を離れることはなかったので、護身用というよりは、お守り代わりのようなものだった。

それでも真剣にやればなんとかなると思っていたが、性に合わないのか、本当に上手くいかない。

アルマンスールに一度だけ教わったことを思い出しても、実行するのは難しい。

ロッカラーナが剣の扱いに四苦八苦しているのを横目で見ても、アルマンスールは何も言わない。馬鹿にした様子はないが、自分を狙う人間が困っているのが楽しいに違いないと、ロッカラーナは勘繰《かんぐ》ってしまう。

早くなんとかしたいけれど、本当に自分は何もできない。

イドリーサンザにいたときに、あまりに甘やかされていたのだろうかと内心ひどく落ち込んでいた。

「アルマンスールさまは見ていないからわからないんでしょうけど、ロッカラーナさまは一所懸命やっていらっしゃいます。第一、ロッカラーナさまは剣など持つ必要がない方なのですから、そんなに上手くなる必要もないですよ」

頬を赤くしてロッカラーナを取りなすサラーフを、アルマンスールが優しい目で見つめ、その頭に軽く手を置く。

「女だけじゃない。男だって剣を持たないですむほうがいいんだ。剣が上手いことが自慢になるようでは、国は早晩《そうばん》終わりだ」

「アルマンスールさまが言うと冗談にしか聞こえません」

サラーフはくすくすと笑ったが、声の底に潜む真摯《しんし》な響きにロッカラーナはまじまじとアルマンスールの黒い瞳を見つめた。

「どうかしたか」

尋ねる声の柔らかさに、不意に胸がどきんとする。

剣の達人というが、彼は本当は剣など嫌いなのではないだろうか。よく見れば、今の彼は争いごとなどを好まないような、優しい目をしている。

「では、アルマンスールさまは何が自慢になると思うのですか?」

「自慢か……なんだろうな……」

不意に口調を重くし、彼は視線を遠くに投げて、考え込む。

「……生きること……か。いつか死ぬまで、どうやっても生き続けることだろうか」

しばらく黙り込んでいたアルマンスールは、ほとんど唇を動かさずに、不思議な答えを返した。

「……死ぬまで、生き続ける?」

無意識に繰り返したロッカラーナにアルマンスールは奇妙な笑みを浮かべた。

3　新月の夜の交わり

どんなに気づかない振りをしていても、生きている限り新月の闇の夜は巡ってくる。下界を照らすのに疲れた月が顔を隠す間、星がそれを補おうとして精一杯に瞬く。けれど本当の悪を暴く光は、地上に届かない。

アルマンスールは胸を押しつぶされそうになりながら、新月の夜を耐える。もう何度過ごしたかわからないのに、いまだに苦しい。

記憶は消えてくれることはなく、穴が空いたようにぽっかりと月の消えた空の黒い闇が、アルマンスールを過去のあの日に引きずり込んでいく。

＊　　＊　　＊　　＊

ファティマナザ王国宮殿の奥、艶めく後宮では、数多の女と取り巻きたちが王の寵愛を求めて競い合い、陰謀が渦を巻く。事件の起こらない日など一日たりともあり得ない——そう言っても、過言ではない。

今日もシャイバーン王の寵姫の一人、カザローナの七歳になった息子、アルマンスールの菓子に毒が盛られた。

「アルマンスール!」

異変に気がついたカザローナが、ぐったりした息子の身体を抱え、噛みしめられた歯と口をこじ開けた。

アルマンスールの喉の奥に指がぐいと差し入れられる。

胃の奥から今食べたものが戻ってきて、喉が大きく動いた。

「吐きなさい、アルマンスール。毒を全部吐き出しなさい!」

カザローナがアルマンスールの腹部を拳で押す。

咽《む》せて喘ぐ幼い息子を抱きしめ、自らの衣を汚しながら、カザローナはアルマンスールが飲み込んだ菓子を吐かせようと必死になった。

「水を——」

寝台横に設えた脇机上の七宝の水差しをひったくり、息子の口に大量の水を注いでいく。

だが水は喉を通らず、無情にも、アルマンスールの薄い胸を濡らして流れ落ちるだけだった。

　するとカザローナはすぐさま水差しに直接口をつけ、水を口いっぱいに含ませると、アルマンスールの唇に唇を重ね、水を直接注ぎ込んだ。

　小さな胸が上下に動くのを確かめながら、カザローナは苦しむ息子になんとか水を飲ませきる。

「お腹に力を入れるの、アルマンスール。しっかりして！」

「……お母さま……苦しい……」

　嘔吐物で汚れた拳で母の衣に縋り、アルマンスールは呻く。

「お母さまを汚してしまう……ごめんなさい……」

「何を言っているの。そんなことはかまわないから、全部吐き出しなさい」

　息子を温かい腕でしっかりと抱きしめ、母は励ます。

　苦しさで気が遠くなる。

　このまま意識を失ったら楽になるけれど、母が自分を呼び止める限り、母を哀しませることはできない。アルマンスールはそう思いながら、小さな身体を振り絞り、腹から毒を押しだそうとした。それでも身体は上手く動かず、ともすれば瞼が閉じそうになる。

「眠っては駄目！　アルマンスール、気をしっかり持って、お腹に力を入れるのよ」

　優しく叱咤《しった》されながら、アルマンスールは朦朧《もうろう》としながらも、母の声を頼りに、残り少ない力を腹に込めた。

「そうよ、いけないものを出せば大丈夫だから、お母さまの言うとおりして。アルマンスール！　苦しいでしょうけれど、頑張ってちょうだい」

母の声は震えてはいたが、毒の菓子を食べてしまったアルマンスールの不注意を咎める色は少しもない。

もう何度目かわからない失敗なのに――母への申し訳なさが身体の苦しさ以上に、幼いアルマンスールを苛んでいた。

けれど菓子をくれたのは母付きの侍女で、もうずいぶん長い間アルマンスールの面倒を見てくれている若い娘だった。昨日までの味方が今日は敵に取り込まれてしまう。

後宮は陰謀と裏切りの巣窟《そうくつ》だ。

アルマンスールが心から信じられるのは母しかいない。

その母を哀しませたくない一心で苦しさに耐え抜いた。

食べたものをすっかり吐き出すことができて落ち着いたアルマンスールを、シーツの取り替えた寝台に寝かせ、カザローナは息子の熱い額を冷たい布で冷やす。

「アルマンスール気分はどう？　お腹が落ち着いたら、薬湯《やくとう》を作りましょうね」

心配をかけたのに、母はどこまでも優しい声でアルマンスールの胸を撫でる。

「お母さま……ごめんなさい……僕……」

また母に心配と迷惑をかけてしまった後悔で、アルマンスールは胸が詰まって言葉が上手く出てこない。

「謝ることはないわ。お母さまがあなたを守ってあげられないことがいけないのよ。あなたの母親だというのに……私はこのお城で、なんの力もないのですものね……」

カザローナは葡萄を象《かたど》った耳飾りを揺らして、哀しい目になった。その耳飾りは王から贈られたものだ。

葡萄の一粒一粒はルビーで作られた高価なものだったけれど、カザローナの心を慰めることはない。

「……お母さま……哀しい顔をしないで」

屈み込む母の頬にアルマンスールは手を伸ばした。

「僕がきっとお母さまを笑わせてあげるから……僕、強くなるから」

「ありがとう」

アルマンスールは手を伸ばして、母の白く細い手をぎゅっと握る。

「でもね、お母さまはあなたが強くなることより、幸せになってほしい」

心がキシキシと傷むような優しい声だった。

「お母さまがお城にいなければ、あなたは争いに巻き込まれることはなかった。あなたにはなんの罪もないのに、お母さまのせいで、あなたはこんな目にあっているのだもの……」

後宮にいる自分のせいで息子のアルマンスールに危険が及ぶことに、カザローナの目に激しい苦痛が浮かぶ。

後宮の権力争いになどカザローナはなんの興味もない。思いがけずに恵まれた息子と二人、後宮の片隅でひっそりと暮らすことだけが願いだと常々口にしているのを、アルマンスールは、物心ついた頃から聞いていた。

だが鵜《う》の目鷹の目で足を引っ張り合うのが当然の周囲はそうは思わない。しかもアルマンスールが、正妻の息子であるムスタンシル王子に続き、第二王子の立場として生まれたのも彼らにとっては不運なことだった。

王の寵愛が深いカザローナとその息子が目障りな正妻とその取り巻きが、絶えず二人に罠を仕掛けてくるようになったのだ。

最初は靴の片方を池に捨てられるなどの小さな嫌がらせにすぎなかったものが、近頃愛らしさと利発さが際立ってきたアルマンスールは、命まで狙われるようになっていた。

母がその全ての責任を感じているのを、アルマンスールはひしひしと感じていた。

けれど後宮にいるのは母の責任ではないことを、まだ七歳でしかない、少年のアルマンスールもわかっている。

カザローナは田舎育ちの純朴な娘で、王宮になど縁がある生まれではない。年頃になれば村の男に嫁ぎ、子をなし、普通の母になるはずだった。

だが黒い瞳と、豊かな黒髪を持つカザローナを、遠征中の王が見初《みそ》めてしまった。

「太陽を横切って飛ぶ黒鶫《つぐみ》のような娘を、我が後宮の鳥籠《とりかご》に」との言葉で捕らえられ、二度と放たれることは叶わない。

「お母さま、いつか僕がきっとお母さまをお城の外に連れて行きます。そうしたら二人で暮らしましょう」

青白い顔で言うアルマンスールに、しかし母は困ったような笑みを浮かべる。

「そうね、いつかね……あなたは、生きて、この城の外を見てちょうだい。生きていくのよ、アルマンスール」

そのとき、自分の手を握った母の手が、まるで高熱に浮かされたように熱かったのを覚えている。

アルマンスールをずっと守ってくれた母のその熱い手が冷たくなったのは、彼が十一歳になった、新月の夜だった。

その年頃にしては身長も高く、すらりとした手足が凛々しい少年に成長したアルマンスールは、恵まれた体躯と、秀でた能力で巧《たく》みに剣を使い、馬も乗りこなすようになっていた。

母譲りの黒い双眸で前を見据え、黒髪をなびかせて颯爽《さっそう》と馬を疾駆させるアルマンスールに、誰もが感嘆を禁じ得ない。

——若い黒豹のようなしなやかさだ。

——まことに……、だが豹というよりライオンだ。風も太陽も味方につけた、百獣の王を髣髴《ほうふつ》とさせる。大人になるのが待ち遠しい精悍《せいかん》さではないか。

——きっと近い将来シャイバーン王の右腕になるに違いない。

口うるさい長老たちすらもそう舌を巻き、アルマンスールはいつしか「漆黒のアスラン」と呼ばれるようになっていった。

後宮のみならず、王宮内のアルマンスールへのそんな評価を、正妻とその息子ムスタンシルが、面白く思うはずがない。

ある夜、アルマンスールが母と二人で眠る部屋についに暗殺者が送り込まれた。

手引きをしたのは誰だったのだろう。

侍女も、警備に置いていた男たちも皆暗殺者に殺されてしまったから、真相はわからないままだ。当の暗殺者も必死に息子を庇った母の短剣で利き腕を刺され、姿を消してしまった。

わかっているのは、母がアルマンスールの楯になり、暗殺者の剣を受けたという事実だけだ。

「お母さま！　お母さま！　僕を置いていかないで！」

どんどん冷たくなる母の手を握り、アルマンスールは叫んだ。

「アルマンスール……ごめんなさい」

白い顔をして、カザローナがアルマンスールに詫《わ》びる。

苦しい息の中で、母は何故か優しく微笑んだ。

「生きていきなさい……アルマンスール。それだけがお母さまの願いよ……」

「お母さま！　一緒に、お城の外に行くんだよ！　約束したでしょ？　お母さま！」

ぎゅっと母が最後の力でアルマンスールの手を握る。

「行けなくてごめんなさい……あなたをここに残していくお母さまを許してね……アルマンスール……禍に巻き込まれずにおまえは生きて……ただ生きて……つまらない争いに巻き込まれずに、あなたは生きてちょうだい。ただそれだけを約束して……お母さまがおまえにあげられたのは、命だけなの……大切にしてちょうだい……」

最後の命を削った、カザローナの熱のある言葉は、アルマンスールの身体の中に楔《くさび》のように穿たれた。

「お母さま！」

「生きて――アルマンスール」

その言葉を最後の息と一緒に吐き出して、カザローナはこの世と愛息《あいそく》に別れを告げた。

息子を守るために最後まで手にしていた血だらけの短剣を、冷たくなった母の手から取り上げて、アルマンスールは号泣した。

泣いても母は戻らないけれど、泣くことしかできない。

短剣の柄についた血を哀しみの涙が流しきるまで、アルマンスールは流れ落ちる涙を止めることができなかった。

新月の空は暗く、星さえも夜の闇に負けていた。

暗い——なんて暗いのだろう。アルマンスールは、大切な光を失ったことを全身で感じる。

強くなって母を守ると誓ったのに、その誓いを果たせなかった。

もはやこれ以上強くなる意味などありはしない。一番大切な人を守れなかった自分は、もう価値がない。

アルマンスールの心は新月の夜のように、行き先を照らす光もなく、どこまでも沈んでいった。

＊　＊　＊　＊

宝石で飾られた柄を丁寧に拭いてから、ロッカラーナは短剣を象牙《ぞうげ》細工の箱に収めた。

そして、カザローナと書かれた文字を見つめる。

カザローナという女性は、いったいどういう素性《すじょう》の人なのだろうか。ファティマナザの宮殿では公に口にできない名前らしいが、アルマンスールの大切な人であることは間違いない。

アルマンスールの心の中には、夜中にうなされるほどの痛みがあるのに、表だっては何も見えない。

第一、今でも忘れられない愛しい女性がいるなら、何故ロッカラーナを側女にするのか。しかも「女を差し出せ」と言ったくせに、着飾らせるだけで、一向に手を出してこないのもどういう了見《りょうけん》なのだろうかと、理解できないアルマンスールの振る舞いに苛立つ。

自分がアルマンスールの一挙手一投足《いっきょしゅいっとうそく》に心を動かされているとは認めたくない。

もちろん触れてほしいわけではない。とロッカラーナは自分に言い聞かせる。けれど、放置されておかれるのも、何を考えているのかわからないから気味が悪い。だから気になるのだと、ロッカラーナは誰に言う必要もないのに、理由をこじつけた。

わざわざイドリーサンザから果物を取り寄せたり、ロッカラーナの瞳の色に似合う深い碧色の衣を作らせたりするのは、何か魂胆《こんたん》でもあって、ロッカラーナの機嫌でも取りたいのだろうか。

あれこれと思い悩みながら短剣を片付けたロッカラーナは、窓から夜空を見あげる。

「新月……」

ロッカラーナは目を細めて、見えない月の僅かな光を捉えようとした。

新月の夜、アルマンスールは宮殿にいないらしい。いったいどこへ行くのだろうか。

――人を殺したいなら、新月の夜だ。……闇に目を慣《な》らして息を殺せ。

生々しい実感を伴ったアルマンスールの言葉が聞こえてくる。

――カザローナさまのこともある。

――いまだに月の薄い新月の夜は、宮殿を抜けてどこかへ出ていかれるとか……。

もしかしたらアルマンスールの大切な「カザローナ」という女性は、新月の夜にムスタンシル王に何かされたのだろうか。

アルマンスールはロッカラーナにカザローナの剣を渡し、彼女のことを思い出しているのかもしれない。着飾らせることも、気に入りそうなものを与えることも、全て、カザローナへの想いをロッカラーナで昇華しようとしているのだ、とも取れる。

穿った見方かもしれないが、そう考えれば全ての辻褄《つじつま》が合うような気がした。

美しい短剣の意味も、アルマンスールが何かを捨てたように人生を生きていることも。

一人で出した裏付けもない結論に、なぜだかロッカラーナの胸がひりひりと焼けるように痛む。

本当に今夜は戻って来ないのだろうか。

アルマンスールはこの暗い夜を、どこで誰と眠るのだろう。

メルハは金色の籠の中ですでに眠りにつき、ロッカラーナの無聊《ぶりょう》を慰めてくれるものはいない。

いまだに自分に触れない男のあれこれを思い、胸苦しくなる自分が浅ましく、ロッカラーナは椅子の肘掛《ひじか》けにもたれて深いため息をついた。

「どうした。廊下まで聞こえてきそうなため息だな」

いきなり背後からかけられたアルマンスールの声に、ロッカラーナは飛び上がりそうになる。

「す、すみません。気がつきませんでした」

思わず声が弾《はず》みそうになるのを抑え、ロッカラーナは椅子から立ちあがって、小腰を屈める。

「今夜はこちらにいらっしゃるとは思わなかったので、少しぼんやりしていたようです」

ロッカラーナの遠回しの問いかけに、アルマンスールは軽く眉を寄せた。

「自分の部屋に戻ってきて、そんなことを言われるとは思わなかった」

それだけ言うと、彼は見たこともないほど気怠《けだる》げに、寝椅子に腰をおろす。

口を開くのも辛そうな様子に、ロッカラーナは静かにアルマンスールから離れ、低い椅子に座った。

もともとアルマンスールは饒舌《じょうぜつ》なほうではない。同じ部屋にいても、ときおりロッカラーナをからかう以外はいつも物静かにしている。

けれど、今夜の雰囲気は静かというよりも、気が塞《ふさ》いでいるというのが相応しい。

肘掛けについた腕で横座りの身体を支えて、楽しいとは見えない物思いに耽《ふけ》っている彼の様子を、ロッカラーナはそっと窺った。

何故、この男はこれほど哀しげに見えるのだろう。

大国の王弟で、周囲からの評価も高い。

兄王に嫌われているとはいえ、他の者たちよりもはるかに多くの可能性を持っている。

やりたいことがあれば、ほとんどのことはできるのではないだろうか。

けれど彼を取り巻く空気は、諦観《ていかん》に支配された人間のもののように、ひんやりとして動きを感じさせない。

伏し目がちの横顔には「漆黒のアスラン」とたたえられる、勇猛果敢《ゆうもうかかん》な様子はまるで見られない。

これまでのわだかまりを無視して今の彼を見れば、その凛々しい横顔には、欲望に駆られた卑しさは窺えず、むしろ虚しさを悟ったような様子が見え隠れしていた。

美しい男だ——だが生き生きとした熱量はなく、彫像《ちょうぞう》のように心のない美しさ。

しかも新月の今夜、アルマンスールを取り巻くのは、漆黒の闇だ。

その闇が、彼を少しずつ殺していくように見えて、ロッカラーナは全身が冷たくなるのを感じた。

「いつか死ぬまで、どうやっても生き続けることが自慢」、そう言ったアルマンスールは、自分が絶望と諦めに蝕《むしば》まれていることに気づいているのかもしれない。

何故、虚無《きょむ》が心を蝕むことを許しているのだろうか。

何かが間違っている。この人はもっと違う生き方をするべきだ。

「生きていなければできないことがある」と言い切り、ロッカラーナの命を永《なが》らえさせた人が、自分の命を無駄に摩耗《まもう》させているのは、哀しいし、許せない。

「アルマンスールさま」

不意にこみあげてきた思いに突き動かされて、ロッカラーナは彼の名を呼ぶ。

「何だ？」

心ここにあらずの反応と虚ろな視線は、明らかに普段のアルマンスールではない。

「ご気分でもお悪いのですか？」

「……ああ……どうかな」

額を押さえて、アルマンスールは呟いた。

「いや、大丈夫だ。月の暗い夜はつまらないことを思い出すだけだ……」

「つまらないこと……ですか？」

控えめに聞いたロッカラーナに、アルマンスールが濁った視線を向ける。

「おまえだってあるだろう。頭の中にこびりついている場面が」

ロッカラーナにとってそれは一つしかない。

父と母が自分の前で命を失ったあの日。流れた血の一滴まで忘れない。

「……アルマンスールさま……もしかしたらあの……」

あなたも同じものを見たのか、愛しい人の血を浴びたのか——そう聞こうとしたロッカラーナの勇気をアルマンスールの暗い声が遮る。

「愛想のないおまえの顔を見て、気を紛らわせようと思ったが……そうは上手くいかないな……目に映るものと心で見えるものが違う。月のない夜に、人は魔物になるのかもしれない」

ロッカラーナの心も闇の中に引きずり込むように、笑みも暗い。

「……新月の夜に……何かあったのですか」

視線を逸らせてさりげなく尋ねたが、アルマンスールを取り巻く空気がぴんと張り詰める。

「新月の夜は、人を殺すのにちょうど良い夜だ……誰かの命を奪いたくなる輩《やから》が必ず闇に乗じて現れる」

アルマンスールが獣のように低く呻く。

視線を戻したロッカラーナの目にアルマンスールの端整な顔が映る。

一見平静を装っているが、黒い瞳から苦しみが溢れ出て、ロッカラーナの心を抉った。

こんなふうに新月の夜、アルマンスールはカザローナという大切な女性を失った――不慮の事故でも病気でもなく、おそらく他人の手によって。

愛する人を他人の手で失う苦しみ、哀しさ、そして身体中を焼く憎悪は、味わった者でなければわからない。

安易な慰めなど受け入れられないほどの、絶望と痛み。

目の前で父と母を失ったロッカラーナにはそれがわかる。

だからこそ、新月の夜は身を隠すと言われているアルマンスールは、自分のもとへ来たのだ。

わかったような同情でも、他人行儀な哀れみでもなく、同じ絶望と憎悪を味わったロッカラーナの側で耐えることを望んでいるのだろう。

そう思ったロッカラーナは、その場の空気を変えるように、わざとらしく咳払いをすると、彼に向き直った。

アルマンスールを蝕んでいる闇の意味を知ることより、今は闇を照らす光になろう。

「確かに、暗い夜は悪事を働くには都合のいい日です。心に悪を抱えた人間にとっては好都合でしょう。けれど悪いことばかりではありません」

ひびだらけのアルマンスールの心を壊さないように静かに返す。

「正しい者の哀しみを隠すのにも、相応しい夜になります」

「……正しい者の哀しみ？」

アルマンスールの言葉に、微かに生気が宿る。

「イドリーサンザからファティマナザに連れて来られる旅の間、私が眠れたのは暗い夜だけでした。私は間違ったことはしていないのに、囚われていました……闇が私を隠してくれる夜だけ、私はイドリーサンザと父と母を思い、哀しむことができました」

誰にも言わなかった、あのときの絶望をロッカラーナは初めて口にする。

イドリーサンザの王女として、泣き顔は見せられない。怖がっているのも知られたくない。必死に自分を保っていたロッカラーナがその義務から解放されるのは、月のない闇の夜だけだった。

「……そうか……そうだな」

アルマンスールの目にふっと微かな光が射した。

「暗い夜も悪いことばかりではないかもしれない……」

「はい。悪いことばかりではありません。……闇が、見られたくない気持ちを隠してくれますから」

そこで、アルマンスールが何かを感じたように、真っ直ぐにロッカラーナの顔を見た。

互いの視線が傷を探り、癒《い》やすように絡み合う。

「……おまえにしては気の利いた考えだ。わざわざ暗い夜に来た甲斐《かい》があったな」

最後は少しからかうように言い、アルマンスールは身体を起こした。

「何か不自由はないか？」

話題を変えるように、口調は軽い。アルマンスールが闇から光の中に出てきたようでほっとする。

「何もありません」

「麝香《じゃこう》は足りているか？」

高価な香は自分にはもったいなく思えて、そもそもそんなに使っていない。ロッカラーナは「まだたくさんあります」と言いながら首を横に振る。

「お姫さまのわりには遠慮がちに使うんだな」

「麝香が高価なものなのは、私でも知っています」

贅沢な女だと思われたくなくて言い返すと、アルマンスールが微かに笑う。ついさっきまで暗い顔をしていた人に表情が浮かんだことが嬉しくて胸が弾んだ。

「本は？」

「読み切れないほどたくさんあります」

「そうか……だったら、もう寝ろ。今日は暗いから、きっとよく眠れるぞ」

軽く手を振ってロッカラーナを隣室に追いやろうとするアルマンスールの瞳の奥に見え

るのは、やはり深い孤独の色だ。

微かに射す光では今日のこの人を温めることはできない。

アルマンスールの微かな表情の動きのひとつひとつが、ロッカラーナの心を疼かせた。

今夜この人を一人にはしたくない。光のない夜にこの人を一人にすれば、きっと闇に命を吸われ、美しい彫像になってしまう。

自分はこの人の「側女」だ。どんなことをしても慰める義務がある。

義務を果たさないのは、王女としてあるまじきこと――ロッカラーナは己の欲望に似た願いを義務にすり替えて、アルマンスールの傍らへ寄ると、膝を折った。

「では私もご一緒いたします」

物事に動じないアルマンスールが、一瞬ぎょっとした顔をして目を逸らす。

「俺は、自分を殺したがっている女と一緒に寝るほど酔狂《すいきょう》じゃない」

いつもの軽口にもロッカラーナは引かなかった。肘掛けに置かれたアルマンスールの手に触れて、静かに首を横に振る。

「私は新月の夜に人を殺める卑怯者ではありません」

アルマンスールが目を細め、その真意を探るように、じっと翠色の目を見つめた。

「では何故、こんなことをする」

「私の義務ですから」

それが全てではないと知りながら、ロッカラーナははっきりとそう答えた。

「あなたの命を手に入れるまで、私の義務を果たします。それがイドリーサンザの王女のやり方です」

「王女や王弟などなんの意味もない。それに縛られるなどばかばかしい」

アルマンスールは苦いものを噛んだように、唇を歪めて吐き捨てた。

「ファティマナザの王弟アルマンスールには意味がなくても、イドリーサンザの王女ロッカラーナには意味があります――同情など要りません。いつかあなたを殺すために、私は義務を果たすだけです」

きっぱりと言うと、アルマンスールがやっと聞こえるぐらいの薄いため息を吐いた。

「おまえは、いつも生きにくいほうを選ぶ女だな……俺にはよくわからない」

だがそう言いながらも、アルマンスールはロッカラーナの黄金の腕輪をしゃらりと鳴らし細い手首を引いた。

「いいんだな？　俺は途中でやめるほど優しくないぞ」

尋ねる声は低くしゃがれ、彼がまだ躊躇っているのがわかる。

ロッカラーナは唇を強く結んだまま彼を見上げ、自分の気持ちに迷いがないことを伝えた。

するとと目を細めたアルマンスールはロッカラーナの手首を握る指に力を込めた。

そのまま、逞《たくま》しい腕でロッカラーナを抱き上げたアルマンスールは、奥の寝室に入ると、寝台の上に柔らかな肢体《したい》をそっとおろした。

そして無言のまま、ロッカラーナの顎に指をかけて、上向かせる。

黒い目に浮かぶ色は複雑すぎて、ロッカラーナには読み切れない。

哀しそうで、少しだけ怒りもあるように見えた。

「馬鹿な女だな」

目を細めて表情を隠したアルマンスールの顔が近づいてきて、唇が重なる。

彼に抱かれた最初の日のことは、思い出すことすら辛い。

けれど、今重ねられた唇は温かく渇いていて、屈辱的な記憶のものとは違っていた。

舌先が唇を舐め、穏やかに口中に入り込む。

「……っん」

その小さな驚きにより洩れた吐息を吸うように、アルマンスールの舌が、柔らかい粘膜《ねんまく》を舐めた。

奇妙な甘いくすぐったさが、上顎から肌に伝わり、ロッカラーナの身体が少し震えた。

やがて唇が離れると、大きな手がロッカラーナの衣にかかり、躊躇いなく肩からするりと落とした。

「……ぁ」

晒された乳房にひんやりとした空気が触れて、反射的に声を洩らしてしまう。

「落ち着け。おまえが思っているようなひどいことにはならない……」

耳元で囁いた温かい唇が、喉を滑り、鎖骨《さこつ》を噛むように辿る。

「ひどい……って……」

どういうことなのか、と尋ねようとした唇をアルマンスールの唇が強引に塞ぐ。

血の流れを確かめるように、上に這い上がっていく節の高い指が、柔らかい脇の下から括《くび》れた腰に下り、またゆっくりと上にあがる。

「ん……ぁ」

生温かい刺激に、肌の奥が目覚めたように敏感になり、ロッカラーナの吐息が熱を持った。

脈打つ肌に口づけながら、アルマンスールの手はロッカラーナの丸い乳房を摑んだ。

軽く握られると、羞恥と同時に奇妙な衝撃が下腹に伝わり思わずきゅっと脚を閉じてしまう。

それを見て、何故か喉の奥で微かに笑ったアルマンスールは、白い乳房を捏《こ》ねるように撫で始める。

次第に柔らかい乳房が熱を持って張り詰め、小さな乳首が桜色に染まって硬くなった。

「……くっ」

凝った乳首にアルマンスールの指が触れるたびに、身体の奥に雷にでも打たれたように腰がびくびくと跳ねる。

「んぁ……」

腹の中からこみあげてくる声を呑み込みきれず、おかしな声があがる。

「好きなように声を出していいぞ。聞いているのは俺だけだ」

宥《なだ》める声に、ロッカラーナは首を横に振る。

自分でも意味のわからない声など誰にも聞かせたくない。

「本当に、面倒くさい女だな……気を紛らわすにはちょうどいいのか……」

軽薄な言葉とは裏腹に熱のこもった声で呟いたアルマンスールは、つんと尖った乳首を唇に含んだ。

「――っ」

辛うじて声はこらえたものの、味わったことのない刺激に仰け反った。

身体中が熱くなって、足の指の先まで、ぴんと硬くなる。

その間にも、アルマンスールの唇はロッカラーナの乳首を温かくくるみ、舌先で硬い乳首をこりこりと弾《はじ》く。

そのたびに小さな火が身体を駆け抜けて、秘められた花芯の奥に甘い何かが溜まっていく。

「……ぁ」

こらえきれずに吐いた吐息は、ねっとりと甘く、自分の喉に絡みついた。

唇が愛撫していないもう片方の乳房は、熱くざらざらとした大きな手のひらですっぽりと覆われ、硬く疼く乳首を指の間できゅっと挟まれる。

「……ぁ……」

固い蕾だった乳首は、今やアルマンスールの巧みな愛撫で赤く腫《は》れ、快楽を伝える器官に成り代わり、ロッカラーナを苛む。

声を抑える苦しさに瞼を開けると、真っ直ぐに覗き込む黒い目と視線があった。

「苦しいんだろう？　いいかげん声を出せ」

表情を読まれた恥ずかしさで、ロッカラーナは視線を逸らして首を横に振る。

「おまえは頑固《がんこ》で、強情だ。度がすぎると自分の首を絞めるぞ」

また微かに笑ったアルマンスールは、腰のくびれを優しく撫でたあと、シャルワールを一気に引き下ろす。

「ん――」

男の前に全裸を晒すことなど初めてのロッカラーナは、一瞬瞼の裏が真っ赤になった。

覚悟はしていても、羞恥が強すぎて、どう振る舞ったらいいのかわからない。

躊躇いなくロッカラーナの肌を剥き出しにしたアルマンスールだが、ルビーと金貨を連ねた首飾りは外しても、ターコイズの首飾りだけは、外さなかった。

どういう理由かはわからないが、ロッカラーナは少しだけほっとした。

「心配するな……優しくしてやる」

ロッカラーナの困惑を見抜いたように、アルマンスールが髪を撫でる。

その穏やかな声に少しだけ安堵して、ロッカラーナは目を閉じた。

「それでいい」

額に口づけをしたアルマンスールの手が腰骨をゆるゆると撫でて、滑らかな腿《もも》に這わされる。

まるで赤子を宥めるような手の動きに、ロッカラーナの身体の緊張が弛み、頑《かたく》なに閉じていた脚からも力が抜けていく。

欲に彩られ目的を持ったアルマンスールの指が、ロッカラーナの下生えを指で絡め、花園へとするりと入り込んだ。

「……っぁ」

不意に、最初に触れられたときの恐怖が甦ったが、アルマンスールの指先は優しく、繊細だった。

すでに濡れているふっくらとした花びらをゆるゆると撫でて、ロッカラーナの怯えを消していく。

生温《なまぬる》い快感は、眠たくなるような心地よさとともに、ロッカラーナの「女」の感覚を呼び覚ました。

花びらの奥がきゅっと固くなり、アルマンスールの指先が微かに触れるだけで、頭の奥が白くなるほどの刺激が伝わる。

唇を開けて忙しなく息を吐き出すロッカラーナを見て、アルマンスールの指の動きが変わった。

濡れた花びらをねっとりと押し開き、顔を覗かせた花芽を指で摘む。

「あ――」

悲鳴に近い声をあげたロッカラーナは、自らの手で唇を押さえた。

「だから、それはいい」

低く囁いたアルマンスールが、ロッカラーナの手を口から外す。

「いやです……いや……、聞かないで……」

自分の淫らな声が聞かれることがどうしようもなく恥ずかしい。

理性で制御できない王女の姿を知られたら、故国の民にどう思われるか。自分は今でもイドリーサンザの王女のつもりなのだから。

頑なに首を振るロッカラーナに、アルマンスールが微かにため息をつく。

「では、こうしよう」

何かを思いついたらしいアルマンスールはにやりと笑い、唇を塞いできた。

「おまえの声は全部俺が吸い取ってやる、好きなだけ啼《な》け」

指先がロッカラーナの秘めた花園で蠢く。

摘んだ花芽をこりこりと指の腹でこすりあげられ、花びらの襞を指先で撫でられると、もっと奥の襞がひくつくのを感じる。

「あ……ぁ……ぁ」

喉を反して洩らした声は、先ほどの宣言どおりアルマンスールの唇の中に吸い込まれ、深く呑み込まれていった。

やがて、合わせた唇の間から呑み込みきれない声が洩れ出てきた頃、ロッカラーナの花はたっぷりと濡れて、奥の襞は緩やかに開き始めていた。

「解《ほぐ》れてきたな」

合わせた唇の間で囁きながら、アルマンスールはロッカラーナの濡れた襞を丸く辿るとゆっくりと花筒の中に指を入れ、進めていく。

「ん――ぁ」

軽い衝撃はあったものの、時間をかけて濡らされた花奥はアルマンスールの指を柔らかく包み込み形を変えた。

「ロッカラーナ、身体の力を抜け……心配するなよ」

今夜何度、宥められただろうか。

この新月の夜、辛いのはアルマンスールのはずなのに、それでもこの男は他人を気遣う。苦しさを人に押しつけない。

また一つ知ることができたアルマンスールの素顔を感じながら、ロッカラーナはアルマンスールに身を委《ゆだ》ねた。その間もアルマンスールの指は優しく執拗《しつよう》に蜜の隘路《あいろ》を解していく。蜜口からはいつの間にか愛液が溢れ、シーツに染みを作っていた。

やがて、ロッカラーナの全身から強ばりがなくなった頃、アルマンスールは、彼女の脚の間に身体を入れ、手早く自分の衣を寛げた。

「あ……」

両脚の間に、熱く猛々しい雄の部分を感じて、ロッカラーナは小さい声をあげる。

最初の交合のときの、焼けた鉄を打ち込まれたような苦痛がまざまざと甦った。

「大丈夫だ、今日はあの日よりは痛くないはずだ」

ロッカラーナの怯えを察したアルマンスールが、耳元で囁く。

「……ぁ」

そしてもう一度、蜜孔の襞を、長い指が柔らかく解していく。

くちゅくちゅと音を立てるほどに濡れている薄い襞はアルマンスールの指先の小さな動きさえはっきりと感じ取るほど敏感になっている。

触れられただけで独りでに収縮する襞は、愛撫をするアルマンスールの指を奥へ咥《くわ》え込もうと妖しく蠢く。

自分の役割を果たすためだけの交合なのに、身体が引きつるように疼き、蜜孔から奥へ続く蜜道がアルマンスールの熱を求めていた。

「う……っ……」

淫らな自分の身体が恥ずかしくて、ロッカラーナは思わず唇を噛む。この行為を受け入れたのは自分だが、これでは行為こそが目的だったようではないか。まるでこの快楽を味わうために誘ったと受け取られそうな状態だった。

「……噛むな」

ロッカラーナの唇の端に己のそれで軽く触れて、アルマンスールが甘く叱る。その言葉に従って、唇を薄く開いたロッカラーナにまた優しい命令が降ってくる。

「唇を開いて、息を吐け」

身体の奥を自由にする男の声は、密やかで甘く、ロッカラーナの身体と心の怯えを消していく。

「……はぁ……」

言われたとおりに息を吐くと、身体の芯から力が抜けて、アルマンスールに与えられる快感だけが四肢《しし》に広がっていく。

「あ……アルマンスールさま……」

痺れたような手を持ち上げて、ロッカラーナはアルマンスールの肩に縋る。

側女の義務を果たすつもりの行為は、いつしか激しい快楽を伴ってロッカラーナの身体と心を熱くしていく。

「そうだ、ロッカラーナ、それでいい」

そう言った唇がロッカラーナの白い耳朶を噛む。

同時にまだ幼さの残る蜜口に硬い雄が入り込んできた。

「う……ぁ……」

存分に解されたはずだったが、アルマンスールの雄は猛々しすぎた。

いきなり拡げられた襞から、ロッカラーナの背筋にびりびりとした痛みが走り、受け入れようとする心とは裏腹に、身体は与えられた衝撃から逃れようとして自然と腰が逃げる。

「痛いか……？」

先端がようやく埋まったところで、蜜道を拓こうとする動きが穏やかになる。

「……ぁ……」

痛い、と正直に言おうとしたロッカラーナは、痛みの下に違う感覚を探り当てた。

雄を受け入れようとする蜜道の奥から伝わってくるのは、まだ味わったことのない淫らで温かい快感だ。

「……いい……え」

微かな悦楽の種が消えないように、ロッカラーナは吐息めいた声で答えて、首を横に振る。

ただその些細な動きで蜜口がきゅうと締まり、アルマンスールの雄を引き入れてしまう。

「……っ。そんなに締めるな」

低く呻いたアルマンスールは何かに耐えるようにぎゅっと拳を握ると一度動きを止めた。

「脚をもっと開いて……俺の鼓動に合わせて息をしてみろ」

そう言って深く息を吐き出すと、彼はまたゆっくりと時間をかけて蜜道を拓いていく。

やがて、最奥までみっしりと埋め込まれると、ロッカラーナの蜜襞は、雄茎の熱に誘われるようにぴったりと包み込んだ。

「はぁ……」

自ら受け入れた他人の熱はロッカラーナに欠けていたものを満たしてくれるようだった。

その安堵が深い吐息になった。

「動くぞ」

嵩のある雄にロッカラーナの蜜道がじんわりと馴染み始めると、アルマンスールは緩やかに腰を送り込み始めた。

「は……ぁ……」

粘つく水音がロッカラーナの喘ぎに絡みつき、自分でも耳を塞ぎたくなるほど、淫らな気配が辺りを染める。

屹立の先端がロッカラーナの敏感な部分を掠めると、隙間のないはずの蜜口からねっとりした雫が零れ落ちた。

「あ……ぁ……」

「ここがいいのか？」

こらえきれずに洩らした声に、アルマンスールが言葉を被せながら、その場所を突くようにいっそう腰を動かす。

「あ、待っ…」

猛《たけ》った雄と濡れた粘膜がこすれ合うのを快楽と感じるにはロッカラーナの身体は未熟すぎる。

小さく散らばる喜悦を集めて自分の身体を満たすのは、まるで新月の闇の中で新しい道を歩くようなものだ。

身体のあらゆる場所で小さく破裂する快感に翻弄され、息が詰まる。

「……あ……ぁ……アルマンスール……さ……」

快感の集め方も、味わい方もわからないロッカラーナは、自分を揺さぶる逞しい肩に縋るしかない。喘ぐ唇を開いて助けを求めた。

「まだまだ子どもだ……無理をさせては可哀想だな」

幼子をあやすように言ったアルマンスールは、ロッカラーナの唇を軽く啄《ついば》む。

「俺の腰に足を回せるか」

身体の一番大切な場所をアルマンスールに縫い止められている奇妙な感覚に抗いながら、ロッカラーナは逞しい腰になんとか足を回した。

「それでいい……そのほうが、おまえが楽だ」

もう一度、褒めるようにキスが落ちてきて、身体に埋め込まれた雄が再び動き出す。

自分では到底触れることのできない身体の奥まで入り込んだ熱が、ロッカラーナの内臓まで突き上げた。

先ほどより強く密着したロッカラーナの蜜道とアルマンスールの雄が、互いの呼吸を分け合うように、絡み合う。

濡れた花筒を擦り、抉るようにじりじりと動く雄の欲望が、ロッカラーナの身体の中にある快楽の塊《かたまり》に触れる。

「あ――ぁ」

脳天まで突き上がる鋭い刺激に、ロッカラーナは高い声をあげた。

閉じた瞼の裏が真っ赤に染まる。

抉られる蜜道だけではなく、唇や顎、喉にかかるアルマンスールの熱い息にも身体の全

てが反応する。

背中に摑まった両手の下で若魚《わかうお》のように滑らかに動く布越しの筋肉にも、腹の奥が熱くなった。

「……ぁ……はぁ……」

仰け反った喉にアルマンスールの唇が落ち、肌を吸われる。強く吸い上げられた肌の痛みが、乳房に伝わるときには快楽に変わっていた。

硬く凝り、濃い赤に染まった乳首がアルマンスールの逞しい胸板に擦られるたびに、きりきりとした快感が足の先まで伝わる。

「あ……ぁ……」

寝台に敷き詰められた白い絹をつま先でたぐり寄せ、ロッカラーナは快感を堪えた。

だが足を動かせばまた、別の場所から色の違う悦楽《えつらく》が押し寄せる。

「いや……ぁ」

とうとうロッカラーナはアルマンスールの首にしがみついて訴《うった》えた。

「聞いてはいやです――いや」

最初はアルマンスールのために始めた行為に、こんなにも自分が溺れていることがたまらなく恥ずかしい。

許さないと誓った男に抱かれて、声をあげる自分が信じられない。

「強情で我が儘《まま》な王女さまだ」

まるで、子どもの癇癪《かんしゃく》をいなすように言うと、アルマンスールは今度は腰を緩やかに回すようにして蜜筒を抉り、ロッカラーナの身体を自由に操る。

「あ……や……だから……もう……ぁ」

「おまえは、どこまでいってもお姫さまだ」

低く笑ったアルマンスールは、ロッカラーナの唇に自らの唇を重ねながら囁く。

「好きなだけ啼け。おまえは俺の側女だ。おまえの声も俺のものだ。恥じらいも何もかも全て俺が引き受けてやる」

「……ぁ……」

ロッカラーナの声はアルマンスールの口の中へ消えてゆき、やがて声は小さな吐息に変わり、寝室には濡れた水音だけが満ちていく。

「……ぁ……もう……ぁ」

自分の身体の中に溜まっている何かが弾けるのを本能で感じる。

「……もう……」

「達《い》くか……、ロッカラーナ」

その意味がはっきりとわからないまま、ロッカラーナは頷く。

「いいぞ、達け……」

そう言うと、アルマンスールは腰の動きを一気に速めた。

「あ……ぁ」

自分の身体の中で熱の塊が弾け、押し流すのを感じる。

「ぁ……や……ぁ……！」

アルマンスールの唇の中に熱い喘ぎを流し入れながら、ロッカラーナは頂点を極めた。手足がばらばらになりそうなほどに痙攣《けいれん》し、腰がびくびくと跳ねる。

初めて知る快楽に激しく収縮する襞が、アルマンスールの雄を締め付ける。

「くっ――」

アルマンスールの掠れた声が洩れ律動が止まる。

自分の身体が男の形に添っていくのを感じて、ロッカラーナは逞しい背中にいっそうしがみついた。

身体の内側に男の熱を感じるのは、心を明け渡すのに似ている。

「アルマンスールさま……暗い夜に負けては駄目……」

唇から本心が零れると、動きを止めてじっとしていたアルマンスールの硬い熱が身体の中でいっそう膨れ上がった。

「……ロッカラーナ……」

振り絞るような低い呻きと同時にアルマンスールは律動を再開すると、何度か大きく穿ったあとで、ロッカラーナの最奥に熱い欲望を注ぎ込んだ。

アルマンスールに優しく髪を撫でられながら、ロッカラーナは全身の気怠さとともに、どこか幸せな浮遊感を味わっていた。

アルマンスールの手のひらはどこまでも優しく、ロッカラーナは何故か守られている心地にさえなった。

先ほどまでの行為で自分が晒した醜態も、混乱して言った我が儘も、アルマンスールは一度も責めなかった。不慣れなロッカラーナをからかうようなこともせず、むしろ無言のまま気遣ってくれているのを感じる。

彼を闇から救い出したくて差し伸べた手は、アルマンスールに摑まれて、ロッカラーナを光のあるほうへと連れ出した。

イドリーサンザから引き離されて以来、ロッカラーナは初めて、故郷にいるときのような深い安心感を覚えていた。

「……アルマンスールさま……一つ聞いてもよろしいですか」

肌を触れ合わせているときなら、尋ねてもいい気がする。

「何だ？　おまえが遠慮するなど珍しいな。いつも言いたいことを言うくせに」

喉の奥で笑う声はいつもの彼だ。闇が消えた声は耳に心地が良く、からかいすら甘い言葉に聞こえた。

「私にくださった、あの短剣はどなたのものですか？」

使うたびに気になっていたことを口にすると、合わさった肌からアルマンスールの乱れた鼓動が伝わってきた。

「……俺のだ」

掠れた声が、ロッカラーナのわだかまりを強くする。

「……柄の装飾がとても美しいので女性のものだと思ったのですが」

「俺は綺麗なものが好きだ。血なまぐさいことは嫌いだ」

ロッカラーナの疑問をかわすように軽く笑い、アルマンスールは長い髪を指に絡める。

「それとも、どこかの女の使い回しかもしれないと、妬《や》いているのか？」

「——どうして私が妬くのですか！　馬鹿にしないでください！」

図星をさされたようで、ロッカラーナは自分を取り繕うことも忘れて声をあげる。そのまま半身を起こして睨《にら》もうとしたロッカラーナを腕の中に抱きすくめ、アルマンスールはその髪に顔を埋めた。

「馬鹿にされたくなかったら、つまらないことを悩んでいないで、もっと剣の練習をしろ」

耳元で、アルマンスールは真剣な声で囁いた。

「おまえに殺されるまではきっと生きていてやろう……何があっても、おまえのために生きていよう」

顔の表情は窺えなくても、からかう色のない響きは、ロッカラーナの心に真っ直ぐに届き、深く突き刺さった。

4 王女の誇りと喜び

中庭に集まった少年と少女に、ロッカラーナは文字を教える。

「まず、自分の名前を書けるようにしましょう」

自分が家庭教師から習った記憶を頼りに、ロッカラーナは宮殿の子どもたちに、文字を書かせる。

最初は剣の稽古を終えたあと、読み書きが得意ではないというサラーフに遊びの延長のようにして教え始めた。

鳥にサラーフが名前を教えてくれたように、自分もサラーフに何かを教えたい。与えられるだけの人間ではなく、与える人になりたい。憎い国の民であっても、ムスタンシルが犯した愚行《ぐこう》の責任はない。当然享受できる権利を剝ぎ取られて辛い暮らしを強いられるのは間違っている。

今、ロッカラーナが分け与えられるものは、王女として身につけた知識だけだ。それを持っていない相手に分け与えたい。

奴隷と呼ばれても、心だけは王女でいたかった。

遠慮するサラーフに「いつか弟に教えるときのためになるから」と言うと、戸惑いながらも嬉しそうな顔を見せた。

そのうち、サラーフからその話を聞いた子どもたちが遠慮がちに一人、二人とやってくるようになった。中庭にはロッカラーナの寝室からしか出られないつくりで、アルマンスールの許可も得ずに部屋を通すのに躊躇いがあったが、子どもたちを無下に追い返すのは忍びない。

子どもたちは皆、宮殿で働いている者たちだ。男の子は、小間使いや力仕事の下働き、女の子は厨房で洗い物や給仕をする。その仕事の合間、僅かな休み時間だけは、したいことをさせてやりたくて、ロッカラーナは子どもたちを招き入れた。

今や中庭は小さな学校の様相《ようそう》を呈《てい》するようになっていた。

――国同士の争いで、いつも割の食うのは子どもだ。

僅かな時間文字を習うだけでも目を輝かせる子どもたちを見ると、アルマンスールの言葉を思い出さずにいられない。

幸せがいつまでも続くと信じ、権力の座が危険に満ちていることを忘れていた自分は、王女として未熟だったと思えるようになった。子どもたちの目の輝きに、ロッカラーナは今までの頑なな自分の心が解されていき、喜びを見いだしているのを感じていた。

最初にその光景を見たとき、アルマンスールはさすがに驚いた顔をした。

まだ彼に正式な許可を得ていなかったロッカラーナは、さすがに彼の反応を怖れてひやりとした。

だが自分の中庭に集まった子どもたちを追い出すこともなく、ロッカラーナが生真面目に教師を務め、子どもたちが真剣な顔で文字を習うのをしばらく眺めていた。やがて、何故か笑いを堪えて部屋の中に入っていった。ロッカラーナをからかうことも、サラーフを咎めることもしなかった。

それどころか、子ども用の簡単な書物と筆と紙をどっさりと用意して戻ってきた。

「……どういう風の吹き回しでしょうか？　同情はしないのではなかったのですか？」

驚きのあまり、ついつい皮肉が口をつくと、アルマンスールはロッカラーナの唇の端を指で軽く捻った。

「本当に減らず口だけは一人前だな、王女さま」

眉根を寄せたまま、アルマンスールは肩を竦める。

「俺は綺麗なものが好きだと言っただろう。文字を習っている子どもたちの目はキラキラして綺麗だった。だから気に入った。それだけだ」

自分の減らず口が一人前なら、アルマンスールは詭弁《きべん》の巧者《こうしゃ》だ。

どう考えても彼の発言の半分は「嘘」だ。

けれど、半分は本当だろう。アルマンスールの子どもたちを見る目つきは、本当に楽しそうだった。

ならばどうして——と、ロッカラーナはまた思う。多くの民の目をあのように輝かせようと、何故思えないのか。

また同じ思考に陥りそうなのを振り切り、ロッカラーナは丁寧に頭を下げた。

＊　＊　＊　＊

ムスタンシルがアルマンスールを辱めるのは、満座の中と決まっている。人のいないところであれこれと意見をするなどという無駄はしない。自分の鬱憤《うっぷん》を晴らし、アルマンスールが無能だと、周囲に晒すのが何よりの喜びらしい。

「アルマンスール、おまえが奴隷を使って、私を陥れようとしていると聞いたぞ」

相変わらず派手な衣と宝石付きのターバンで豪華に装ったムスタンシルが、玉座から身を乗り出すようにしてアルマンスールに陰湿《いんしつ》な笑いを浮かべる。

「……申し訳ございません、なんのことか教えていただけますでしょうか」

「わからないと？」

わざとらしく眉をあげたムスタンシルに、嫌な予感が押し寄せる。

隙があればアルマンスールの揚げ足を取ろうとしているムスタンシルだが、いつもは単なる言いがかりだ。だが余裕ありげな顔に、何か根拠がありそうな気配が感じられる。

だがアルマンスールは感情を隠して短く否定する。

「わかりません」

「ほう……いい、度胸だな。アルマンスール。それとも美しい奴隷に骨抜きにされたか」

ロッカラーナのことを言っているのはわかるが、その意味はわからない。

「奴隷に王への反逆を唆されるほど、私は愚かではありません。王」

「そうか？　だが色に弱いのは、母親譲りだろう」

母のカザローナが後宮の女だったのを当てこすられて、アルマンスールは拳を握る。

母は望んで後宮に入ったわけでもなく、アルマンスールは生まれを選べなかった。

新月の夜に、カザローナはその命を落とし、アルマンスールは母をこの宮殿から連れ出すことが永遠に叶わなくなった。

生まれたときから何一つ自分の思うようにならなかった母と自分が、何故この期に及んでまだ貶められなければならないのか。

ロッカラーナとて、無理やり他国に連れて来られ、奴隷に落とされた。何もかもムスタンシルが招いた厄災《やくさい》ではないのか。

アルマンスールの胸に、長い間抑え込んでいた怒りが顔を覗かせる。口を開けば言ってはならないことが飛び出しそうで、ぎゅっと唇を固く結んで、ムスタンシルを見返す。

「不満そうだな、アルマンスール。無能な者ほど相手の地位を羨《うらや》むと言うが……」

ムスタンシルは腹違いの弟を皮肉《ひにく》っているつもりだろうが、それは全てムスタンシルにあてはまる。自分だけが気づいていない無様さに、周囲のものたちが、居心地が悪そうに視線を流す。

「おまえの奴隷が、一月《ひとつき》ほど前から城中の子どもを集めてくだらない学校まがいの遊びをしていると聞いたぞ。使用人に文字など教えても、理屈を覚え怠け癖《ぐせ》がつくだけだ」

ムスタンシルが吐き捨てた。

王座に就いて早々に、ムスタンシルは同じことを言い散らかした。前王の父シャイバーンが子どもの教育に費やした時間も、金も、全てを「無駄だ」の一言で無にして、小さな子どもたちの可能性を奪ったのだ。

民を大切にしないファティマナザはやがて滅び、自分も共に朽ち果てるだろう。

ムスタンシルの愚行に手を貸さず、ただ生きながらえて崩壊を最期まで見届けることが、自分にできる復讐だ。

そう悟り諦めて見ないようにしてきたものを、ロッカラーナがアルマンスールの目の前に突きつけてくる。

――イドリーサンザの王女ロッカラーナには意味があります。

――暗い夜に負けては駄目……。

どんなときも王女として振る舞うロッカラーナが、アルマンスールにこれまでの生き方を問いかけてきた。

闇の夜に抱きしめたロッカラーナの白い身体は、アルマンスールの行く先を照らしてくれるように温かく、光を放ち、新月の惨い泥沼《どろぬま》から引き出そうとする。

あのときアルマンスールは初めて、自分の生き方を深く見つめ直した気がする。

「……王のおっしゃるとおり、あれは単なる遊びです。子どもたちにとっては字を書くのは絵を描くことと変わりません。休憩中の気晴らしです。奴隷と子どもがやることを気になさるのは、王らしくありません」

言外に器が小さいことを当てこする。

「だからおまえは馬鹿なのだ」

ムスタンシルが思い切り顔を歪めて罵る。

「いいか、民など衆愚《しゅうぐ》。愚かだと肝に銘じておくのが基本だ。奴らは怠惰《たいだ》で、楽をしようとばかり考える。下手に知恵をつけると口ばかりになり、敬う心を忘れる。狡《ずる》い家畜と同じだ」

控える臣下や護衛の兵士たちの顔に、怒りと深い憂鬱《ゆううつ》が交錯《こうさく》した。

臣下も兵も民だ。ムスタンシルの根拠のない愚弄《ぐろう》は自分たちへの罵倒《ばとう》にしか聞こえない。

そんな王に仕えていれば、国を守ることの正義と責任感が揺らぐのは当然だろう。

アルマンスールはこれまでずっと見ない振りをしてきた、本当の己の心が見えてしまった。

このままでは駄目だ。ムスタンシルが自業自得で王座をなくすのはいいが、それに引きずられる多くの者はどうなるのか。

――生きて。おまえは生きて。

母がくれた言葉は何も自分だけのものではない。きっと全ての人が、自分の愛する者へ伝えているだろう願いだ。

――ファティマナザの王弟アルマンスールには意味がなくても……。

ロッカラーナはファティマナザの王弟でありながら、王の愚行を許し、民の疲弊を見ているだけのアルマンスールを責めていた。

子どもたちに文字を教えるロッカラーナの横顔は美しく、慈愛に満ちていた。

奴隷と呼ばれようと、ロッカラーナの心は王女だ。人に与え、助けることを喜びと思うことができる。人を疑い、貪ることしかしないムスタンシルとは違う。そしていつまでも国の窮地を人ごとだと見ている自分とも違う。

「私が私の奴隷に何をさせようと、自由だと思いますが、王」

アルマンスールは声を荒らげずに言い返す。

「私はファティマナザの王弟です。国にとって不利益になることを許してはいません」

静かに言い切ると、周囲のアルマンスールへの視線に驚きと同意が込められる。

めったに王に逆らわないアルマンスールが、王弟としての意見を述べ、しかも王を遠回しにたしなめたことに辺りの空気がざわめいた。

しかしアルマンスールを誰よりも嫌い、自分より才も力もある腹違いの弟を怖れているムスタンシルが、その雰囲気に怒りをつのらせる。

「王弟？　なるほど、そうか王弟か。おまえも一応王族だったな。王になる可能性がないわけでない」

「王弟であることと、王になることはまったく違います」

揚げ足を取られまいと王の難癖《なんくせ》を言い換えたが、ムスタンシルはあからさまな憎悪で顔色をどす黒くする。

「そんな詭弁を聞く耳は持たん。肉親の情に縋られて甘えを許すなど王にはあり得ん」

肉親の情など、ムスタンシルの口から出れば毒にまみれた皮肉でしかない。

「いいか、アルマンスール。おまえの奴隷のくだらない遊びをさっさとやめさせろ。あの奴隷女は元はイドリーサンザの王女だ。気位だけは高い」

自分に従わなかったことを思い返したのか、ムスタンシルは顔を紫色にして目を怒らせる。

「あの女なら使用人の子らを手なずけ、謀反《むほん》を思いついてもなんの不思議もないのだ」

手にした金の王杖を振りかざし、ムスタンシルはアルマンスールの胸元に突きつける。

「さもなくば奴隷ごとおまえを、王への反逆罪で裁《さば》く」

どれほど正当性のない命令でもムスタンシルの口から出れば、臣下は実行に移す。自分の命を捧げてムスタンシルを止める者など、もうどこにもいない。

王の気分一つで裁かれた要人は、両手足の指では足りないだろう。

アルマンスールは突きつけられた杖の先に、ファティマナザの未来を見る。

「さっさとやめないと、あの女に知恵をつけられた使用人たちも、まとめて処罰するぞ！」

子どもたちまで謂《いわ》れのない罪を負わされる——これが仮にも強国の王のやり方か。

広間の空気が重く冷え切るのを全身で感じながら、アルマンスールはムスタンシルに向かって頭を下げる。

このままでは、ファティマナザは終わりだ。ムスタンシルとともに、早晩崩れていくのは火を見るより明らかだ。

それは本当に自分が望んでいたことだろうか。母は息子のこんな姿を本当に望んだのか。

王の命令を受けるアルマンスールの身体中に何かが渦を巻き始めていた。

＊　＊　＊　＊

いつものように文字を教えていたロッカラーナは、子どもたちを見つめるアルマンスールの暗い表情が気になった。

ムスタンシル王に呼び出されたあとだからだろうか。

だが、普段むやみに感情を表に出さないこの男からこれほどはっきりと気分が読み取れるのは珍しい。

子どもたちが解散し、サラーフも部屋を出たあと、ロッカラーナは長椅子で何かを考え込んでいるアルマンスールのために香を焚《た》いた。

エメラルドをくりぬいて作った香炉に、ジャスミンの香を入れて、火をつけて香りを立てる。

やがて部屋中に香りが燻《くゆ》り広がって空気が甘く濃くなり、アルマンスールが深く息を吸い込むのが聞こえた。

「アルマンスールさま、お茶を淹れてもらいましょうか」

「ああ……いや、いい」

アルマンスールは視線をあげて、首を横に振った。

「……では、ラクをご用意いたしますか？」

ファティマナザ名産の蒸留酒《じょうりゅう》を勧めてみたが、アルマンスールは気乗りしない様子でまた首を横に振り、ぽつりと言う。

「……ロッカラーナ、子どもたちのほうはどうだ。文字はだいぶ覚えたか」

「はい」

関心を示してくれたことが嬉しくて、ロッカラーナの声が弾む。

「時間が限られていますし、私自身が教えることに慣れていないので、もどかしいこともありますが、それでも子どもたちは本当によく頑張ってくれています」

ロッカラーナは子どもたちが文字を練習した紙を見せる。

「名前はすっかり書けるようになりましたし、両親や兄弟の名前も書けます。短い文章も綴《つづ》れますし、読むのもなかなか上手になりました」

「そうか、子どもというのは何事も吸収が早いものだ。ほうっておいてもすぐに大人になるものなのかもしれないな」

「いいことも悪いことも、子どもは早く覚えます。放っておけば、悪いことを覚えるかもしれません。良いことを教えるのは、大人の役目です」

「おまえの減らず口は教えるなよ。それは悪いことだ」

アルマンスールの混ぜ返しをロッカラーナは受け流して、報告を続ける。

「サラーフはもうすぐ手紙もきちんと綴れるようになるでしょう。弟に教えるのを本当に楽しみにしています」

そうか――と今度は感慨深そうに頷いたアルマンスールは、ロッカラーナが手元に置いている本に目を留めた。

「それは何だ」

「詩集です。子どもに読んであげようかと考えたのですが、まだ難しいかもしれません」

「そういえば、詩など何年も読んだことがないな……、俺に読んでくれないか、ロッカラーナ」

思いもかけないことを言われ、一瞬戸惑った。

だが茶も酒も要らないほどの気鬱《きうつ》に囚われている人を慰められるならばと思い、ロッカラーナは本を開く。

この辺りに古くから伝わる詩は、美しく、哀しく、そして希望の光がある。ロッカラーナは静かに言葉を紡ぎ始めた。

「いと冷たき夜明けの風が吹くとき、ひげ面の灰色のひばりが歌うとき……白明と黒闇とが分かたれたとき……」

頭を垂れ、目を閉じて聞き入るアルマンスールのためだけに、ロッカラーナは歌うように詩を音に変える。

「おいでください。わが頭の幸、わが家の玉座よ……わが父、わが母が私を与えたお方よ。私がわが目を見開いて見たお方よ。私がわが心を与え、愛したお方よ……」

濃密なジャスミンの香とロッカラーナの凜とした澄んだ声が絡み合い、楽器を奏でたような艶のある音の調べを作り出す。

やがて最後の一節が香りの中に溶けていき、部屋に沈黙が満ちる。

瞼を閉じ、身動きをしないアルマンスールは眠っているように見えた。

本を置いて静かに立ちあがったロッカラーナは、幾何学紋様を織り出した毛布を寝室から持ってくると、静かにアルマンスールに近づき、足元にかけようとした。

「おまえの声は美しいな、ロッカラーナ」

不意に目を開け、毛布を手にしていたロッカラーナの細い手首を握る。

「目を閉じて聞いていると、まるで音楽のようだ」

衒《てら》いもなく褒めそやすアルマンスールに、ロッカラーナの頬はすぐに赤くなり、視線が落ちる。

指輪のはまった白い指を撫でたアルマンスールはロッカラーナを引き寄せ、胸に崩した。

「身体は子どもだが、声は色気があってぞくぞくする……閨でもその声で啼いてくればいいのにな」

耳元で囁く声に、ロッカラーナは思わずアルマンスールの胸を突き飛ばしそうになる。

触れられることの嫌悪感はとうに消えていても、睦言めいたからかいにはいまだ慣れない。

だが抵抗する身体は軽々と抑え込まれ、ロッカラーナは仕方なく、言葉で抗う。

「私はそんなことは、存じません！」

「男の腕の中で可愛らしく啼くのも、側女の義務だぞ」

ロッカラーナの宣言を逆手に取ってからかうアルマンスールに、ロッカラーナは本気で腹を立てかける。あの夜から何度かアルマンスールに抱かれているが、そのことをあげつらわれるのには慣れていない。

「アルマンスールさま、そのような品のないことを口にして女性をからかうのは人として間違っています！　側女だからといって何を言ってもいいわけではありません！と私は思います」

翠の目をキラキラさせて言い返すロッカラーナに、アルマンスールは少しだけ笑う。その笑みにからかいはなく、哀しげに見えた。

「人として間違っているのは、確かだ。おまえの言うとおりだ。間違いついでに命じよう。明日から学校ごっこは中止だ、ロッカラーナ」

投げやりな口調の底にいい知れない悔いが滲んでいる。

この命令がアルマンスールの本意ではなく、王の呼び出しがあったことと考え合わせれば、誰が命じたのかは子どもでもわかることだ。

「ムスタンシル王の命令ですか？」

ずばりと尋ねると、アルマンスールも隠せるとは思っていないようで、素直に頷く。

「何故です？　私は悪いことなどしていません。子どもたちも仕事を疎かにしているわけでもありません。強いて言えば休憩中の遊びのようなものです。おしゃべりをしたり、歌をうたったりするのと変わりありません」

「わかっている、ロッカラーナ。何もかもおまえの言うとおりだ。子どもたちは心から楽しんでいる。おまえも無聊が慰められるだろう……だが、王はそうは思わない」

ロッカラーナを胸から離し、アルマンスールは長椅子の肘掛けについた手で顎を支える。

「余計な知恵をつけることは、王への反逆に繫がるかもしれない。王はそう勘繰っている。俺が子どもたちを先導して、謀反を起こすかもしれない――イドリーサンザの王女が、子どもたちを手なずけて、復讐を企んでいるのかもしれない」

「ばかばかしすぎます！」

高く叫んだロッカラーナに、アルマンスールは歪んだ笑みを見せる。

「卑しい人間は他人も卑しいと考える。欲望まみれの者は、他人の願いを満たせば、自分の取り分が減ると思う。残念ながら我がファティマナザの王はそういう人間だ。話してわかる人間ではない」

アルマンスールの諦めに似た言葉に、ロッカラーナは彼の衣を摑み、激しく詰め寄る。

「アルマンスールさまは、それでいいのですか？　わからないと決めつけず、何故、違うと一言おっしゃらないのですか？　命が惜しいからですか？　自分が無事に生きていけさえすれば、子どもたちのことなどどうでもいいとおっしゃるのですか？　我が身の誇りも要らないというのですか」

「ロッカラーナ、おまえは正しいのかもしれない」

冷えた顔でアルマンスールはロッカラーナの怒りを受け止める。

「けれど正しければ、それで全てが叶うと思うか？　おまえの両親、イドリーサンザの王と王妃は、間違っていたから、あのような目にあったのか？」

心の傷を抉る言葉にロッカラーナは息が詰まった。

だがアルマンスールは声を荒らげずに、治ることのない傷口を押し広げてくる。

「我が身を省みる力のあるものは、背後を見ているとき、卑怯者にその足を掬われる。ファティマナザの王は、己の背中を決して見ない。諭す意見など必要としていない。賞賛《しょうさん》だけを求めているんだ」

「……愚かです」

「そうだ、愚かだ。だが理不尽がまかりとおる国では、義は折れるしかない。王に逆らえば俺は反逆罪ですぐに首を晒される。そしておまえは奴隷市場でたたき売られる。もっともおまえは王に媚びれば、後宮で飼い殺しぐらいはしてくれるかもしれんがな」

アルマンスールの声はひんやりとして、触ると切れそうな鋭さがあった。

「大人はそれでもいい――少なくとも自分の先がわかって、王にものを言う覚悟ができる。だが子どもたちはどうなる？　正しいことをしたというおまえの自己満足の犠牲になって、命を落とさなければならないんだぞ」

「……そんな、まさか……」

吸い込む息と言葉が一緒になって上手く話せないロッカラーナに、アルマンスールが冷徹な視線を向ける。

「反逆者に関われば、子どもでも容赦なく処刑される。見せしめのためだ。その親族も生きてはいられまい」

「……そんなことをすればいつか……国が滅びます」

「国の先行きなど考えてはいない。よりよくしていこうとか、次に繋げようなどと欠片も思っていない。王にとって国も民も、自分の玩具だ。自分の玩具は壊れるまで遊んでいいと信じている――国のためなどという大義名分は、ここでは役に立たない。ならば子どもはまず、生きていくことを覚えなければならない。この王のもとでは、それ以外になんの価値もないことを知るべきだ」

毒をまき散らすように、アルマンスールは言葉を上から叩きつけた。部屋中が濁った重い沈黙に支配され、口を開くのさえままならないほどの圧迫感が押し寄せる。

「……まず、生きること……ですか」

ロッカラーナがようやく絞り出した声に、アルマンスールの視線が僅かに弛む。

「……おまえの気性はわかっているつもりだ。良くも悪くも王女らしい」

目を細めて、アルマンスールがロッカラーナの頬を両手で包み込む。

「まともな王が統治している国ならば、おまえはとてもいい王女だ。だがここは違う。おまえがそのまま生きていくには難しすぎる」

「私は頭が悪いと前にもおっしゃいました」

アルマンスールは微かに笑って、ロッカラーナに額を寄せる。

「そうだな。謀もできないおまえのように真っ当な頭ではこの国で生きるのは無理だ、せいぜい出過ぎないようにしていろ。そうとしか俺は言えない」

口調を柔らかくすると、アルマンスールは失った何かを悼《いた》むように、ロッカラーナの額に唇をつけた。


寝室の窓からロッカラーナは細い三日月を見あげた。

——休め。

ムスタンシルの命令を聞かされたあと、彼女の悔しさと哀しさを見抜いたアルマンスールに寝室に追いやられた。

——おまえの頭では起きていてもろくなことを思いつかないぞ。

相変わらずの口調だったが、言葉の底には気遣いを感じた。

ロッカラーナは言われたとおりに一度は寝台に横になった。だが胸の重さはひどくなるばかりで、眠りなど訪れては来ない。息苦しさに胸元に手をやると、ターコイズの首飾りが指に触れた。

「お父さま……お母さま」

寝台に半身を起こし、首からターコイズの飾りを外して手のひらに載せた。

磨いていない原石を繋いだ首飾りは、大きさも色も不揃いでごつごつしている。けれど、どんな高価な飾りよりも、この首飾りはロッカラーナには大切なものであり、価値がある。

ロッカラーナがまだ王女としての自覚もなかった幼い頃、両親に連れられてイドリーサンザの国中を回った。

宮殿の中の暮らししか知らないロッカラーナに、王である父は、昼は暑く乾いた土地を見せた。王妃の母はロッカラーナとともに、闇に沈む村で硬い木の寝台で眠った。

『ロッカラーナ、民の暮らしはいつも厳しいものだ。それに支えられていることを忘れてはいけない』

『もしあなたが苦しいとき、民はもっと辛いはず。あなたが豊かな暮らしができるのは、民の苦しみをいつか肩代わりするためですよ。それがイドリーサンザの王女の一番の役目です』

両親の言葉は難しすぎて、そのときはわからなかった。

けれど身体の奥底にはしみていたのだろう。いつも何かをしようとすると、必ずそのときのことを思い出す。

『ロッカラーナ……人は皆磨かれていない貴石だ。努力をすれば光るし、何もしなければ曇ったままだ』

旅の終わりに両親と一緒にイドリーサンザ特産のターコイズを拾っていると、父がロッカラーナにそう言った。

緑がかった水色のごつごつした石の小粒を丹念に拾い上げて、母はロッカラーナの小さな両手をいっぱいにする。

『最初から綺麗なものを手に入れようとすると、あれもほしいこれもほしいと迷ってしまうの。本当に価値のあるものは、自分で見つけて、自分で作るのよ』

城に戻ってから、母はその石を磨かないまま首飾りにしたて、ロッカラーナの首にかけた。

『迷ったときは必ず、お父さまとお母さまの言葉を思い出しなさい。この首飾りは王女として大切なことと、お父さまとお母さまがいつもあなたを愛し、見守っていることを忘れないためのお守りです』

頬に触れた母の手の温かさは、今も胸に残っている。

「お父さま、お母さま、……私は、どうすればいいのですか？」

両親の心が詰まったターコイズの首飾りを握りしめ、ロッカラーナは寝台をおりる。

窓の外には月明かりがある。

けれどロッカラーナの心の中は真っ暗だ。

暗いのは新月の夜だけはないことを、ロッカラーナは知った。

「何も見えない……どうしていいかわからない」

ロッカラーナの頬から涙が伝う。

他国では決して泣くまいと思っていたけれど、堪えられない。

父も母も、この首飾りだけを残して、ロッカラーナの前から消えてしまった。二度と抱きしめてくれることも、声を聞かせてくれることもない。

「お父さま、お母さま。私を助けてください……私は間違っていないのに」

すすり泣くロッカラーナの脳裏に、アルマンスールの静かな声が聞こえてくる。

——正しければ、それで全てが叶うと思うか？　おまえの両親、イドリーサンザの王と王妃は、間違っていたから、あのような目にあったのか？

アルマンスールはロッカラーナが正しいことも、両親が王と王妃として真っ当に振る舞ったことも認めてくれている。

――おまえはとてもいい王女だ。……ここは……おまえがそのまま生きていくには難しすぎる。

「アルマンスールさま……」

最初は惨い人だと思った。獣だと信じようとした。

本当にひどいのはムスタンシルだと心のどこかでわかっていたのに、アルマンスールを嫌おうとした。

そう思わなければ、自分の置かれた立場に耐えられなかった。恥にまみれたとき、生きる方法をロッカラーナは知らなかった。

父も母も、それを娘に教える術を持たなかった。

這いずってでも生きる、死ぬことより辛い今を耐える――それを文字通り身体でロッカラーナに刻み込んだのはアルマンスールだ。

――おまえに殺されるまではきっと生きていてやろう……何があっても、おまえのために生きていよう。

自分を激しく憎ませることで、アルマンスールはロッカラーナに生きる意味をくれたのだと、今はもうわかっている。

——生きていなければできないことがある。

あの人は自分が貶められることを怖れずに、ロッカラーナの命を救ってくれた。ムスタンシルのように権力も地位もひけらかしはしない。けれどあれほど強く、本当の意味で折れない男を、ロッカラーナは知らない。

アルマンスールのことを思うと、胸がかっと燃え、焼かれたように痛んだ。父への尊敬や母への強烈な思慕とも違う、ロッカラーナが生まれて初めて味わう、他人の心を激しく求める痛みだ。

アルマンスールのことを思うとき、苦しいのに、何故か甘い。胸の奥が締め付けられて、疼く。

「アルマンスールさま……私に教えてください」

頬に涙を零したまま、ロッカラーナはひたすら願った。

——国のためなどという大義名分は、ここでは役に立たない。

先ほどのアルマンスールと交わした言葉を思い返す。

——謀もできないおまえのように真っ当な頭ではこの国で生きるのは無理だ。

では、謀をすればいいのか。

ロッカラーナはようやっと、そう思いつく。

人を騙すのは良くないことだ。ロッカラーナは当たり前にそう教えられ、ずっと信じてきた。両親もロッカラーナが人を疑ったり、悪い噂をしたりすることを嫌った。

けれどあれは、ロッカラーナが王女として守られていたからできたことだ。誰もロッカラーナを傷つけたりしなかった。けれど王女という地位を剥ぎ取られた自分を守ってくれる人はいない。

いや違う――おそらくアルマンスールだけは守ろうとしてくれる。少なくとも自分を守る方法を知らないなら、何もするなと、そう忠告をくれた。

――出過ぎないようにしていろ。

ロッカラーナができるたった一つの処世術だと、アルマンスールは言いたかったのに違いない。

だがムスタンシルが言い出したからには、このままではおさまらない気がする

ロッカラーナが子どもたちと交流していることが、アルマンスールを不利な立場に追い込むことに思い至る。

ムスタンシル王は半分血が繋がった優秀な弟を嫌っている。何かあれば、足を掬うことを躊躇わないはずだ。

アルマンスールは自分の立場の危うさは口にせず、ロッカラーナと子どもたちだけを気遣ってくれたが、ロッカラーナがしたことで一番迷惑を被っているのはアルマンスールだ。

なんとかしなければならない。アルマンスールは止めたけれど、このままでは駄目だ。

謀もできない真っ当な頭が駄目ならば、謀をする歪な頭になればいい。

王の裏を掻いて、今の状態を続ける良い方法。

ロッカラーナは首飾りを握った手を組み合わせたまま、ひたすら考える。

アルマンスールが首を晒されず、自分が奴隷市場にも行かず、何より子どもたちが守られる方法。

誰かの裏を掻くというのは、その人間を理解すること。ムスタンシル王はどんな人物だろうか。

両親を陥れ、自分を陵辱させた男への嫌悪を堪えて、記憶を辿る。

──卑しい人間は他人も卑しいと考える。欲望まみれの者は、他人の願いを満たせば、自分の取り分が減ると思う。

──ファティマナザの王は……賞賛だけを求めているんだ。

──理不尽がまかりとおる国では、義は折れるしかない。

そして行き着いたのは、アルマンスールが語っていた言葉だ。

「ファティマナザの王は賞賛を求めている──ムスタンシル王は、褒められたい……」

褒められたい気持ちは誰にだってある。

けれど、それは何かが自分の力でできたときだ。理由も根拠もないものを、どうして褒めればいいというのか。

「褒める……理由……」

　一つだけ方法はある。けれど、それをすれば、自分は両親が愛してくれたロッカラーナでなくなるばかりか、人として間違ってしまう気がする。

「お父さま……嘘をついていいですか？」

　ロッカラーナは握りしめたターコイズの首飾りに囁く。

「お母さま……皆を騙していいですか？」

　母がかけてくれた首飾りに口づけをする。

「……父や母は止めるかも知れません……でもあなたなら、いいと言うでしょう、アルマンスールさま……きっと私のすることを、許してくださるでしょう。あなたがくれた命を、私はあなたのために使いたいのです」

　ロッカラーナは首飾りを握って顔を覆った。

　これからしようとすることを考えると、胸が苦しくてたまらない。

　両親が自分に与えてくれた、真っ当なものを捨てる気がして、涙が溢れる。

　だがやらなければならない。

　やらないほうがきっと後悔する。

　他の何を捨てても、アルマンスールのために、やり遂げよう。

　ロッカラーナが心を決めたとき、窓の外には朝焼けが始まっていた。

5　王女の計略

金ばりの玉座にふんぞり返ったムスタンシルは、相変わらず金糸を織り込んだカフタンを身にまとっている。ターバンにはルビーと羽根が飾られていて、橄欖石《ペリドット》とルビーを花菱《はなびし》模様にした赤い腰帯まで身につけていた。

いつもと変わらない、灰色のターバンと黒ずくめの衣で、アルマンスールはその右後ろに控えた。

面前で平伏した臣下が読み上げる他国からの親書に、ムスタンシルは顔をしかめて手を横に振る。

「もういい」

「はっ――ムスタンシル王」

「要するに我が国に金を貸せということだろう。金は自分で作れ、人に頼るなと言え。

さっさと断れ」

「は……」

途中までしか読んでいない親書を、臣下は素早くたたみ、その場を引き下がった。

辺りになんとも言えない空気が漂う。

有事の際、ファティマナザに兵を派遣した国からの親書だ。有事といっても、ムスタンシルが自分から引きおこした他国との小競り合いにすぎない。それを知りながらも自国の兵を貸したということは、当然その後の支援を計算に入れた協力だと誰でも理解できる。協力だけ受けておきながら、支援を断るというのは国としてあるまじき行為だが、それがムスタンシルのいつものやり口だ。

誰がどう言おうと、王が「なし」だと言ったら、その時点で終わりだ。

これまでも、前王からの忠臣は特にムスタンシルを立派な統治者になるよう教育しなければならないと、心を砕いた。

ムスタンシルが父王を毒殺したのではないか、という噂はあったが、それでも王になったからには、ファティマナザに相応しい王になってもらうしかない。誰もがそう腹を括った。

だが王は誰の意見も聞かないばかりか、意に添わない者をかたっぱしから排斥《はいせき》した。ある者は警備という名目で遠方へ送られ、またある者はえん罪を着せられて獄死《ごくし》した。

そんなことが続けば、誰もが口を噤《つぐ》む。

――何を言ったところで、王の耳には入らない。

――自分の身は自分で守るしかない。

――国よりも自分だ。

誰もがそう考えるしかなかった。

それでも、今はまだいい。ファティマナザは大国で、地力がある。

前王シャイバーンが築いた民の信頼や、王家への尊敬が歴然と存在している。他国との友好関係も残っている。

けれど、こんなことをしていればあっという間に、形の見えない遺産は失われてしまう。

今、臣下たちの中では、財産を処分して国外に逃げ出そうという話も出始めているらしい。

アルマンスールは、神妙な顔で王の暴挙を許す、ずらりと並んだ臣下を見つめる。恭しい顔つきの下で、今もまた、ファティマナザから逃げ出す決心を固めた者が何人かいるのだろう。

仕方がない。溺れる船から逃げ出すのは、鼠《ねずみ》だけではない。

さりげなく王から視線を逸らす臣下たちを、アルマンスールは淡々と眺める。

アルマンスールはこの国から逃げ出そうとは思わない。

生きた。

母カザローナが一生を過ごした国だ。良いときも悪いときも、母は運命に従い直向きに生きた。

——生きて、生きて、アルマンスール。

その願いどおり、自分も母と同じようにここで生きる。どんなことがあっても逃げ出さずに、母が最後まで暮らした国を、アルマンスールも捨てる気はない。

アルマンスールは感情を押し殺して、兄王ムスタンシルの愚挙《ぐきょ》を眺める。

退屈を全身から醸し出したムスタンシルは、謁見室の扉が予定外に勢いよく開くと、一瞬椅子の上でびくんと跳ねた。

尊大さが染みついているムスタンシルにしては珍しい反応だと思いながら、アルマンスールは近衛兵に両脇を挟まれて入ってきた人物に視線を向け、自分も同じように驚く。

「ムスタンシル王、この者が宮殿内をうろうろしておりまして尋問《じんもん》したところ、イドリーサンザ国の王女ロッカラーナだと名乗りました。ムスタンシル王と是非お話がしたいと申しております！」

アルマンスールは叫び出したいのをなんとかこらえ、ロッカラーナを見つめた。

艶やかな碧のアンテリに、金糸の帯。耳から下がる真珠とターコイズを連ねた飾り。白い首には金貨を何連にも重ねたファティマナザで流行している豪奢な首飾りが輝く。

長い黒髪には紗のベールがふわりと被せられて優雅な襞を描き、草花模様を金糸で縫い取った碧の靴が、衣から愛らしく覗いた。

自分の美しさを知り、それを最大限に見せようという装いだった。

全身から溢れる、手を触れがたいほどの凛とした美しさに辺りがどよめく。アルマンスールでさえ、そのいでたちに瞬きを忘れた。

ムスタンシルは、驚きを隠すことなく身を乗り出し、目も口も開けて、ロッカラーナを見ている。

だがロッカラーナは臆することなく、ムスタンシルを見つめ、優雅に小腰を屈めた。

「お久しぶりです。ムスタンシルさま。お会いできて恐悦至極《きょうえつしごく》に存じます」

仕草同様、まろやかな声が赤い蕾のような唇から零れた。

「……これは、ロッカラーナ……どういう風の吹き回しだ」

やっと椅子に姿勢を戻したムスタンシルは、余裕を取り戻そうとする。

「御礼を言いたいことがございます。お手紙にしようと思ったのですが、あまりに嬉しかったものですから、やはり直接申し上げたいと思いまして」

ムスタンシルに向かって翠の瞳を煌めかせて艶やかに笑うロッカラーナに、アルマンスールは胸騒ぎがする。

部屋から出るなと言ったことを、ロッカラーナは忠実に守っていた。

気が強く、いやなことはいやだと言ってはばからないが、理由のある禁止は破らない誠実さはロッカラーナの長所だ。あえてそれを破ってきたということは、何か大それたことを考えているに違いない。

今ここで、ロッカラーナを引きずって部屋に戻りたい気持ちがこみあげる。

もう一度念を押しておくべきだった――アルマンスールは、歯噛みする。

一昨夜、ムスタンシルからの理不尽な命令を伝えたとき、ロッカラーナは激しく抵抗した。なんとか納得させたけれど、彼女の気性を甘くみすぎていたのかもしれない。

ムスタンシルの命令を伝えたものの、彼女の気持ちがわかるだけに、アルマンスールは寝室に入ったロッカラーナの様子が気になった。夜営をするときのように、注意深く隣室の微かな音にも耳を澄ました。

衣擦れの音、寝台からおりる音、そして続いた小さな波のような音――。

心配になり、扉を細く開けて様子を窺うと、両手で顔を覆い、すすり泣く彼女の姿があった。ターコイズの首飾りを指に絡め、頬をすり寄せ、涙を流していた。

イドリーサンザからファティマナザに拉致されたときでさえ、彼女は泣かなかった。アルマンスールに満座の中で犯されたときも、ぎりぎり耐えた。

そのロッカラーナが、道に迷った少女のように泣いていた。

他国の子どもたちとはいえ、導きの手を貸すことは、彼女にとり新しい生き甲斐になっていたのだろう。十八年間を王女として生きてきた彼女らしい、小さな喜びだ。

それがまた理不尽に断ち切られる。その哀しみと悔しさは、きっと簡単に消せるものではない。

側に行って抱きしめたいと思った。

泣くならいくらでも胸を貸してやりたいと。

けれど、自分を穢し、側女と呼ぶ男にだけは、決して泣き顔を見られたくないだろう。

アルマンスールはロッカラーナの寂しさに寄り添うより、彼女の王女としての最後の誇りを守ることを選んだ。

翌朝にはロッカラーナは「今日は子どもたちに最後だとお話ししなければなりません。美味しいお菓子を振る舞いましょうか」と微笑んでいたから、それ以上は言わなかった。

だが、もう一度言わなければならなかったのだ。

出過ぎるな――と。

アルマンスールはロッカラーナの気性を甘くみたことを激しく後悔をしながら、見守るしかできない。

「礼とは何だ、ロッカラーナ。確か以前、私の言うことを聞くぐらいなら死ぬと言っていた気がするが、間違いだったたか」

ムスタンシルらしい嫌みな口調にも、ロッカラーナは微笑みを消さない。

「はい、人は間違えることがあるのだと、私はわかりました。ムスタンシルさま」

「ほう……」

　ロッカラーナの真意が掴めないムスタンシルは語尾を曖昧に濁し、周囲も落ち着かない表情のまま成り行きを見守る。

　イドリーサンザの王女がどんな目にあったのか、そして今はアルマンスールの囲い者になっていることを、ここにいる人間のほとんどは知っている。

　ちらちらと自分を見る視線を感じながら、アルマンスールは素知らぬ顔を貫くしかない。

「私がこの城の子どもたちに文字を教えていることは、すでにお聞き及びのことと存じます」

「……ああ、それがどうした」

　ムスタンシルの視線がアルマンスールに流れてきたのは、きちんと説得できていなければわかっているだろうなという、脅しだろう。

　だがロッカラーナがもう一度ムスタンシルの視線を惹きつけるように、華やかに微笑む。

「そんなことがひとときでも叶いましたのも、ムスタンシルさまの広いお心のおかげだと、感謝しております」

　歯の浮く世辞をさらりと口にするロッカラーナに、アルマンスールは焦る気持ちが強くなる。

　ムスタンシルへの世辞など殺されかけても口にしない気性だ。その裏に隠された策略は何だろうか。

今までしたこともない企みなど失敗するに決まっている。そうなればこの中で彼女を守りきれるだろうか。

王族として謁見中も帯刀を許されているアルマンスールは、腰の剣にそっと触れた。

「子どもたちにもその話をしましたところ、ムスタンシルさまに御礼を言いたいと、口々に申しました」

アルマンスールの葛藤をよそに、ロッカラーナは嬉しそうに続ける。

「もちろん直接お会いすることは叶いませんので、子どもたちに詩を書くように言いました」

「詩、か？」

ぐっとムスタンシルは眉を寄せる。

狡知《こうち》に長けてはいるが、ムスタンシルは詩や文学など軟弱だといって好まない。

困惑と、軽い不快がその顔に浮かぶがロッカラーナは表情を変えず、歌うように言う。

「はい、子どもたちは長い文章は書けません。ですから知っている言葉を使って、感謝を込めて綴らせました――『ファティマナザの王をたたえる詩』を」

ぎょっとした空気が伝播する。

ムスタンシルは眉を寄せたままロッカラーナを見ている。

アルマンスールは腰の剣にかけた手を離すことができない。

ただ一人ロッカラーナだけが落ち着き払って、携えていた七宝の細長い文箱を開けた。

耳飾りと同じ貴石の指輪をはめた白い手で、文箱から取り出した紙を広げる。

広げた紙に書かれた文字はとても拙《つたな》く、一目で子どもか文字を習いたての人のものだとわかる。

「読んでもよろしいでしょうか？　ムスタンシルさま」

「……ああ、読め」

これほど美しく装った女に、美しい声で請われ、断れる者はいないだろう。

まして子どもからの王への礼だ。周囲にこれだけ聞き耳を立てる者がいるのに、詩は嫌いだなどと断れば、大人としての度量が問われる。

肘掛けに腕を持たせ、ムスタンシルは聞く姿勢を取った。

「では――」

もう一度優雅に小腰を屈めたロッカラーナは、詩を読み始めた。

「ファティマナザは熱くて、寒い」

いかにも子どもらしい、技巧《ぎこう》も何もない書き出しだった。

だがロッカラーナの澄んだ声は、表情豊かで、ファティマナザの焼けた大地と烈風《れっぷう》を肌で感じさせる。

「……切り立った崖にその人が馬を従えて立つと、髪が風になびいた」

凛とした声が、そそり立つ崖で駿馬《しゅんめ》にまたがる男の姿を描き出す。

谷から噴き上げる風が、男の髪を巻き上げるのが見える気がした。

「動物のたてがみみたいな髪が、光にキラキラとして、とても強く見える」

ロッカラーナの声に力がこもり、聞く人たちの胸を熱くする。

「この人が、みんなの王になる——きっとファティマナザを守ってくれる」

声に魂が宿るのならば、今、子どもたちの詩を読むロッカラーナの声がまさにそうだった。

美しく澄み切った声が紡ぐ言の葉は命を得て、聞くものたち全ての胸にしみいり、奥深くに根を張る。

おそらくムスタンシルを人格者だと思う者は一人もいないはずだ。

王としての資質もあるとは考えないだろう。

けれど、ロッカラーナの魂が込められた声が描き出す「ファティマナザの王」は力強く、逞しく、一国の王に相応しい男だった。

そんなはずはない——そう思いながら、ロッカラーナの声に心が揺れる。

もしかしたら、ムスタンシルは王として人々に期待されているのではないだろうか。自分たちはムスタンシルを見誤っているのではないか。

否定と肯定で人々は揺れ、ただひたすらロッカラーナが読む詩の世界に入り込む。

「光に包まれたその人が立ちあがるとき、ファティマナザは本当の王国になる」

高らかに歌いあげたロッカラーナは、最後の一節が人々の心に染みこみ、残響が天井に描かれた鷹に呑み込まれるまで、沈黙する。

やがて、誰かがほうと息を吐いたのを合図に、金縛りから解かれたようにざわめきが戻る。

「ありがとうございました。ムスタンシルさま」

先に口を開いたのはロッカラーナだった。

興奮の血の色が残る頬はうっすらと赤く、白い肌がいっそう透き通り、息を呑むほど美しい。

「王に聞いていただいたと知れば、皆、喜ぶと思います。何かの折に話しておきます」

教えることをやめろ、そうムスタンシルに言われたことはわかっていると暗に言ったロッカラーナは、また優雅に一礼をして話を終えた。

「ロッカラーナ……どうやって子どもたちに詩を書かせた？　拙いが、それなりになっているようには聞こえた」

紙を文箱にしまったロッカラーナに、ムスタンシルが躊躇いがちに聞く。

先ほどまでまるで興味がなく、子どもに知恵をつけるなとまで言った手前、多少気まずげに見えるが、自分を褒め称える指導法を聞かずにはいられないらしい。

ロッカラーナは手のひらを返す王の浅ましさに気がつかない振りで笑みを浮かべた。

「詩を書きなさい、と言っては却《かえ》ってかしこまって上手くできません。自分の気持ちを表すために文字があるのですから、出来映《ば》えなど大切なことではありません」

ムスタンシルは「ほう」と相づちを打ち、なるほどと周囲は頷くが、アルマンスールだけはロッカラーナが笑顔で込めた皮肉に気がつく。

文字を取り上げれば、人は心を表す道具を一つ失う。王はどう考えているのかと、美しい顔の下で訴えている。

「私は、子どもたちに一つだけ教えました。『詩というものは、名前や呼び名を使わずに、その人だとわかるように書くほうがいい』と、それだけを」

ふわっと思い出すような優雅な視線を流して、ロッカラーナはムスタンシルを見あげる。

「子どもに慕われる王は賢王だと、私は信じています。子どもたちの声がきっとファティマナザの力になるでしょう」

「……そう……だな」

まんざらでもない顔で呟いたムスタンシルに、アルマンスールは顔には出さずに驚く。

「子どもは素直です。大人のように言葉を飾らないのは誰もが知っています。ファティマナザ以外の国がこの詩を聞けば、きっとファティマナザの王を羨ましがると思います。いつか……」

ロッカラーナはそこで一旦言葉を切り、少し残念そうな顔をする。

「……子どもたちがいつかこのことを、故国の両親や友人への手紙に書くことを願っていたのですが……」

寂しげな微笑みはあまりに美しく完璧で、作ったものだ、とアルマンスールは見抜く。

だがこれまで、命を賭けても自分を曲げようとしなかったロッカラーナが親の敵であるムスタンシルの機嫌を取るとは、誰もが思えないのだろう。誇り高いイドリーサンザの王女の口から出た言葉は、たとえムスタンシルを褒め称えるものであれ、世辞とは受け取れない。

広間には奇妙な雰囲気が漂う。

ただ一人ムスタンシルだけは、奇妙にそわそわした視線でロッカラーナを上から下まで眺める。

「ファティマナザの王は、意外に子どもに慕われている……そう思わないか」

「思います」

取り巻きは皆、視線を泳がせたが、ロッカラーナは笑みを深くし、ムスタンシルを仰《あお》ぎ見たままだ。

アルマンスールの手のひらに意味もなく汗が滲む。

この先、ロッカラーナが謀《はか》ったように上手く転ぶのか、それとも失敗するのか。高まる緊張にアルマンスールは戦場に赴《おもむ》くときのように、息を潜めた。

「王というのは、幼い者には寛容である」

「はい」

幅広の袖がひらりと舞うように、ロッカラーナが屈む。

「おまえが城の子どもたちにかまうのを、私はとやかく言った覚えはないな」

「然様《さよう》でございますか」

美しい唇の笑みはまったく崩れず、アルマンスールは胸の中に感嘆の気持ちが湧き起こってきた。

「おおかた、アルマンスールがつまらないやきもちでも焼いたのだろう。男というものは、美しいものを隠しておきたくなるのだ。子ども相手でも、見せたくないなどとほざく。特に、自分に自信のない小者ほど、そういうものだ」

ちらりとアルマンスールに視線が流れてきたのは、余計なことを言うなという牽制だろうか。それとも端からアルマンスールが自分に逆らうとは思ってないのかもしれない。

だがいずれにしても、ロッカラーナの返事を聞き逃すまいとしていたアルマンスールは、ムスタンシルの視線など気にならない。

あまりにあからさまな王の言い草に、周囲は固唾を呑んでロッカラーナの唇を見つめた。

「覚えておきます、ムスタンシルさま」

だがその緊張をロッカラーナは軽くいなし、微風に揺れる大輪の花のように匂《にお》やかに微笑んだ。

ロッカラーナ、命知らずめ——アルマンスールは心の中で呼びかける。

これほど美しく、勇敢で、賢く、そして強《したた》かな女はいない。

この王女の命をこの世に繋いだことは、間違いではなかった。

彼女に会うために、自分はここで生きてきたのかもしれないと、アルマンスールは初めて、自分もまた生きていることを実感していた。


アルマンスールが私室に戻ったとき、ロッカラーナはいつものように出迎えた。

互いに何を言うわけでもなく、アルマンスールは寝椅子に身体を崩し、用意された茶を飲む。

彼女は彼の足元にある低い椅子に腰をおろし、アルマンスールが何か言うまでは、口を開くつもりがないように見えた。

アルマンスールは自分から切り出す。

「ロッカラーナ……何故あのようなことを思いついた」

顔をあげたロッカラーナと視線が合い、翠の瞳が揺れる。

「……ファティマナザの王は賞賛ならば聞く。アルマンスールさまご自身のお言葉です」

「なるほど……確かにそう言った。だが、おまえも大胆だ」

「……私にできるのはあれだけでした……どうしても、やらなければならないと思いました」

静かに答えるロッカラーナが自然な仕草で胸に手を寄せるのは首飾りに触れているのだろう。

一昨日の夜、すすり泣きながらも哀しみに溺れず、彼女は道を切り開いた。

もし失敗したらどうしたのか？　などと問い詰めることは無意味だ。失敗するかもしれないと思っても彼女が行動を起こしただろうことは間違いない。

「初めて会ったときから、おまえは頑固だった。いまさら何を言っても仕方がない」

「……はい」

やはり静かに答えるロッカラーナに、アルマンスールは口調を改める。

「一つだけ教えてくれ、ロッカラーナ」

「何でしょうか？」

「あの詩はどうやって書かせた？　まさかおまえが子どもを装って書いたのか？」

「いいえ、きちんと子どもたちに書かせました」

アルマンスールの目を見つめたまま、間髪を容れずに答える。

「王の機嫌を取らないと、大変なことになるとでも言ったのか？」

アルマンスールは眉をひそめる。

「王は城内でも城下でも、そのやり方を怖れられている。子どもといえど無条件に王を賛美することは、おそらく難しい……おまえ、脅したのか？」

「それは違います。子どもを怯えさせるつもりはありません。ですが誘導はしました」

その瞬間、翠の瞳の視線が落ち、ロッカラーナは胸の前に手を合わせた。

「私は、子どもたちに罠を仕掛けました」

視線は揺れたが、ロッカラーナはきっぱりした口調で告白する。

「罠？　それはどういうことだ？」

「昨日集まった子どもたちに、ファティマナザで一番強い人は誰なの？　と尋ねましたの」

彼女の、血の気の引いた唇が少し震える。

「皆一斉に『漆黒のアスラン』だと、教えてくれたのです。その人に、両親の命を救われたという子どももいました。村を助けてくれたと話す子もいます。彼らの英雄は、威張り散らし、彼らから大事なものを取り上げていく王ではなく、直接手を貸してくれたその人なのです」

じわじわと、翠の瞳が濡れて煌めき始め、アルマンスールを見つめてくる。

「それならば『ファティマナザで一番強い人をたたえる詩を書いてごらんなさい』と、そう言っただけです」

「……それは」

罠と言えるのだろうか。

そう思ったときに、ロッカラーナがムスタンシルに言ったことを思い出す。

――一つだけ教えました……詩というものは、名前や呼び名を使わずに、その人だとわかるように書く……。

あの詩に出てくる男は全て、漆黒のアスランと呼ばれる男のことだったか。

ロッカラーナは言葉巧みに誘導して、子どもたちに、希望と憧れに満ちた詩を書かせたのだ。

「……もし子どもたちが本当のことを知ったら、おまえに騙されたと思うぞ」

責めるつもりはなかったが、ロッカラーナが自分のしたことにどこまで腹を括っているのか知りたい気持ちがある。

アルマンスールの問いかけに、ロッカラーナは頬を引きつらせ、苦しそうな表情になる。

「わかっています。いつか真実を知ったとき、彼らは私が騙したとわかるでしょう。あなたたちのためという言い訳はしません。そのときは潔く、私の判断で決めた、と、そう伝えます」

胸の前でロッカラーナは強く手を握りしめて、アルマンスールを見あげた。

「けれど、一つだけ申し上げます、アルマンスールさま。私は全てが嘘になるとは思っていません」

「どういうことだ？」

「アルマンスールさまは、きっとこのファティマナザの王に相応しい方なのでしょう。あなたを褒めてもなんの利もない者たちが手放しであなたを賞賛しています」

ロッカラーナは瞳をキラキラと輝かせてアルマンスールをひたと見つめる。

「いくらここに閉じこもっていても、城の中の噂は聞こえてきます。皆、あなたが王になることを秘かに期待しています」

「……単なる噂だろう」

「噂は嘘ばかりではありません。特にムスタンシル王のような専横者のもとで囁かれる望みは、切実な希望です。いつかあなたが王になれば、あの詩はファティマナザの王に捧げられたのと同じこと。夜の闇が昼になるように、全てが真実に変わります」

強く言い切ったロッカラーナは、唇を引き結ぶ。

「ファティマナザのために、アルマンスールさまが王になることを、望んでおります」

絡み合い、探り合う視線を先に逸らしたのはアルマンスールだった。

どれほど強かに振る舞おうと、ロッカラーナの心の底には、透明な芯が真っ直ぐに通っていて、アルマンスールを貫いてくる。

眩しくて、愛おしくて、その瞳を長くは見ていられない。

「……おまえはやはり馬鹿だ」

アルマンスールは、内心の動揺を悟られまいと早口になる。

「謀反など、よほど力のある人間が起こさなければ、成功しない。哀れな犠牲者が出るだけだ」

「ですが、あなたは王弟ではありませんか。しかも誰もがあなたを王に相応しいと言っています。力と人望もあるのは、アルマンスールさま、あなたのほうです」

「王位継承権など、名ばかりのもの。アスランと言われようと、王弟と言われようと俺は所詮捨て駒だ。俺が一時的な腹立ちや遺恨で王に逆らえば無駄な血が流れる。それは結局民のためになどならない」

権力を与えられなかった王族など、肩書きのない人間より不自由で、役立たずだ。母を連れて逃げる自由すらなかった。宮殿での肩身の狭さは、一点の曇りもない正統な王女として生まれついたロッカラーナには理解できないものだ。

鬱屈《うっくつ》を吐き捨てたアルマンスールに、ロッカラーナは気圧されたように一瞬黙り込む。

「……ですが、このままではいっそう民のためになりません」

ため息めいた声でロッカラーナは切り出す。

「私が謀ったとはいえ、あなたの兄王は賞賛を疑いもなく受け取りました。もし自分のことが少しでもわかっていれば、何かしらおかしく思うはずです」

ロッカラーナはアルマンスールを縋るように見つめる。

「あの王は愚かです」

「……ロッカラーナ……」

「ムスタンシル王を戴くファティマナザの民は不幸です。ムスタンシル王に唆され、父と母を裏切ったハサンが牛耳っているイドリーサンザも、きっと今は不幸です。それを思うと、私はひとときも心が安まりません。何かをしなければならないのです」

翠色の瞳が怒りと不安で溢れ、青みを帯びた不思議な色に揺れる。

「イドリーサンザを今も案じているのか」

「どこにいても私はイドリーサンザの王女です。いつも国を思い、民を思っています」

「ならばその民が無事であるように、祈るしかないだろう。今のおまえは何もできない」

アルマンスールの言葉にロッカラーナの目がいっそう揺れる。

「諦めることはできません。ハサンが王では、民が無事でいるとは思いません」

「その心配はない」

素っ気なくアルマンスールは言う。

「ハサンという男はとっくに死んだ。イドリーサンザはムスタンシル王が送り込んだ者が統治をしている」

驚いたロッカラーナは一瞬言葉を失う。

「ハサンが……死んだ？　何故？」

「さあ、よくは知らない。ただ人は誰でもいつか報いを受けるということだろう」

今、ハサンの最期を教えることは、ロッカラーナをいっそう興奮させると思い、アルマンスールは言葉を濁す。

だがいきなり知った事実から、気丈にも気を取り直したロッカラーナは、もう一度反論する。

「……民が流した血は次の民を必ず強くします。民が流した血は統治者が、命をかけて償うものなのです。ムスタンシル王が送り込んだだけの、お仕着せの統治者になど、その覚悟はないでしょう。あなたの兄王にもないはずです」

「俺にもない。今は」

ロッカラーナの言葉を遮るように、アルマンスールは短く言った。

王女として、真っ直ぐなロッカラーナを見ていると、母のことを何故か思い出す。

母はただ「息子を守る」ことに直向きだった。権力争いから逃れ、命を大切にすることだけを望んだ。

もともとが平民の生まれだった母には、後宮の争いごとや、王の思惑一つで運命が変わる暮らしに価値を感じられなかったのだろう。

けれどアルマンスールは、母の出自はどうであれ、王弟にしかなれなかった。平民になることは叶わず、否応なく王宮の争いに巻き込まれていく。

今の自分を見たら、母はどう思うだろう。幸せだと思うだろうか。生きることだけに固執し、鬱屈を抱えて日々を送ることを、母は息子に望んだのだろうか。

ムスタンシルの前で湧き起こった疑問が再びアルマンスールを苛む。

乱れる心の内を押し隠し、アルマンスールは素っ気ない口調になる。

「俺は生まれたときから殺されるために生きてきたようなものだ。いまさら何かをして運命を変えようとは思わないし、変えられるとも思っていない」

「……おっしゃる意味がわかりませんが、私はこの場にこうしているのが、私の運命だとは思いません。もしそれが運命だとしても、私は自分でそれをねじ曲げてみせます」

この強さが今日の抗いに繋がったのだろう。

どれほどの困難にも立ち向かい、運命を自分のほうへ引き寄せる力。自分と対極にあるようなロッカラーナに、アルマンスールは激しい渇望《かつぼう》を感じた。

「……なるほど、そういう考え方もあるな――では、俺は、俺を殺す人間ぐらい自分で決めよう――それはおまえだ。ロッカラーナ」

最初の約束を持ち出したアルマンスールに、ロッカラーナの翠の目が、何故か哀しげに揺れる。

だがその意味を考えたり、確かめたりしても仕方ない。

アルマンスールはロッカラーナを長椅子の上に引き上げ、強くその身体を抱き、言葉を消した。

6 迫りくる崩壊

朝の謁見は王の独壇場でしかない。

どんな決裁も王一人がし、意見も忠告も求められることはない。

「フィラールの王が援軍を求めてきています。フィラール国からはシャイバーン王が存命のときですが、有事の際に軍隊と資金の支援がありました。同等の支援が必要と思われます」

報告する臣下にムスタンシルがあからさまに顔をしかめる。

「シャイバーン王のときのことはシャイバーン王のときのこと、今の私の治世には関係ない」

「ですが……」

諦めと虚無感が混在する広間の中、アルマンスールは口を開いた。

「ムスタンシル王、フィラール国へ侵略を始めているのは、凶暴で知られているセム族の国です。征圧するには時間がかかると思われます。兵士の派遣が当面無理ならば、支援物資だけでも送るべきではないでしょうか。フィラール側が要請してきたということは、かなり追い詰められていると思われます」

静かだが、自分の意見を口にしたアルマンスールに、周囲は驚く。

馬に乗り一度剣を手にすれば、「漆黒のアスラン」の異名そのままに、風を味方につけ、大地を駆けて、獅子奮迅《ししふんじん》の働きをする。兵士を統率し、味方を守る戦略においては天才的で、まさに軍神。

だが一旦素に戻れば、物静かで王に逆らうことも意見をすることもない。

あったとすれば——イドリーサンザの王女の処遇《しょぐう》のときだけだ。

あの一件は、立ち会った者も一部始終を聞いた者も全員が眉をひそめ、表立って口にすることははばかっている。

けれど柱の影でこっそり交わされている噂は、アルマンスールを庇うものだ。

——あのときアルマンスールさまが収めなければ、どうなっていたか。

——そうだ、だいたい考えもなしに謀反を起こしたところで、大国イドリーサンザが治められるわけがない。王が送り込んだ人間などいずれは底が割れて、民の暴動が起こるに決まっている。そうなったときに正統な血を引くロッカラーナ王女がイドリーサンザ側で必要になる。

——そのときに王女を処刑したなどということになれば、また戦が始まる。

——アルマンスールさまが王女を引き取ったのだ。ひどい扱いはしないだろう。正直ムスタンシル王の後宮に入るよりよほどいい。

——そうだ。王はアルマンスールさまを侮辱したつもりだろうが、逆だったな。あんなときに、まともに女を抱ける度量があるアルマンスールさまに皆、内心舌を巻いていたぞ。

——もっともだ。怖いやら、情けないやらで、普通はまったく役に立たん。

艶笑めいた苦笑で交わされる話は密やかだが、それだけに真実味を帯びて人々の心に浸透していく。

冷静で強く、そして賢いアルマンスールが王になればいい。彼も王族としてその権利がある——一人ひとりの思いは小さくても、その流れはやがて川になる。それでもアルマンスールは洩れ聞こえる話など全て、聞き流してはいた。

だがロッカラーナの直向きな思いに触れ、全身全霊をかけて何かをやり遂げようとする姿を目の当たりにすると、激しく心が揺さぶられた。アルマンスールの胸に、これまでとは違う熱が宿っている。

王に意見をしたアルマンスールへの驚きの視線は、期待に変わっていた。

「私にものを言うとはいい度胸だな、アルマンスール」

王の口調にも驚愕があったが、アルマンスールは軽く頭を下げてやりすごす。

「フィラールは小国ながら資源が豊富で、自然風土に恵まれた国です。それだけに敵にも狙われやすい。フィラールと友好関係を結ぶことは大変に有益です。シャイバーン前王もその恩恵を得るために、フィラールを支援しました。前王が築いた関係をここで無にするのは我が国にとり、良い結果にはなりません」

周囲が頷くのにムスタンシルが渋面《じゅうめん》を作る。

「父王のときとは我が国の規模が違う。今私が治めるファティマナザにフィラールごときの力は要らない」

「驕《おご》ってはなりません、王!」

ぴしりとたしなめたアルマンスールに、周囲がびくっと姿勢を正す。

「シャイバーン前王がどれほど国との友好関係に神経をすりへらしたか、側にいた王が一番ご覧になっていたのではありませんか」

思いもかけない相手に一喝《いっかつ》され、顔色を失ったムスタンシルにアルマンスールはたたみかける。

「セム族は非常に戦が上手い上に、冷酷無比です。最後の一人になっても徹底的に敵をたたきつぶすのが常套《じょうとう》。もしセム族がフィラール国を手に入れれば、その豊かな資源と風土を基盤に、他国への侵略をさらに進めることでしょう。今ここで食い止めなければなりません」

　取り囲む臣下はただただ呆然とアルマンスールの話に耳を傾け、とうとう一人の老臣が大きく頷いた。

「アルマンスール殿下のおっしゃることは正論です。王、何事も短絡的に物事を考えてはなりません。王というのは政の巧者でなければ勤まりません。先を見通してこその政なのですぞ」

「ほう……政の巧者か」

　ぎろりとムスタンシルが老臣を睨み、辺りが一気に緊張する。

「ムスタンシル王」

　その視線の間に、アルマンスールは割って入った。

「今は誰が何を言ったかということが問題なのではありません。王が、我々の意見を集約し、王としてどう判断を下すかが重要なのです」

　アルマンスールの身体の芯から勇気に似た何かが湧き上がる。

　いつか死ぬ日がくるまで、何かのために、思い切り生きるのも悪くないのかもしれない
──アルマンスールは怒りに燃える兄王の目を見返す。

「正しい判断であれば、我々は王に従います。覚えておいていただきたいのは、兵も民も玩具ではない、王と同じ人だということです。使い方を間違えれば壊れ、二度と元には戻

りません」

部屋の中にシンとした空気が流れる。

ムスタンシルが、あれが気に入らない、これが気に入らないと、些細なことで隣国に兵を送って小競《こぜ》り合いを繰り返し、兵士たちを疲弊させているのを誰もが案じている。

アルマンスールが極力出兵を抑えようとしても、所詮兵士は王の持ち物だ。限界があった。

それを初めて口にしたアルマンスールにムスタンシルが憎悪の視線を向ける。

「私に意見するとは、貴様、さては王になりたいのか！　妾腹の卑しい生まれの名ばかりの王族が！」

「そんなつもりはありません」

腹違いの兄の憤怒と周囲の息を呑む緊張に引きずられず、アルマンスールは静かに返す。

「ファティマナザの民が求めているのは、良い王です。良い王になれる者が王になることを望んでいるだけです。今はムスタンシル王がファティマナザの王。ですから民にとって良い王になられることを期待しているだけです」

そこでアルマンスールは深々と一礼をして話を終えた。

だが玉座からは、怒りの収まらないムスタンシルが、アルマンスールを睨みつけていた。

けれど少しでも何かが変わるのならば、その責任を引き受ける覚悟もアルマンスールにはあった。

ムスタンシルを怒らせればただではすまないだろうとは思っていた。

＊　＊　＊　＊

──いつか真実を知ったとき……潔く、私の判断で決めた、と、そう伝えます。

ロッカラーナのあの姿が心を湧き立たせアルマンスールを突き動かす。

だが、ムスタンシルに意見した数日後、謁見の開始早々にいきなりムスタンシルがアルマンスールの名を呼んだときにはさすがに身構えた。ムスタンシルは、悪意をぶつけるときにしかアルマンスールに声をかけない。

周囲の空気も「この間の報復か」と凍りつく。

「何用でしょうか？」

進み出て、玉座に座るムスタンシルの顔を見あげたときに、アルマンスールは何故か背筋がぞくりとした。

遠い昔、母を失い、人目をはばからず泣きじゃくるアルマンスールを、兄のムスタンシルは今のような顔で見ていた。

歪んだ笑みと、悦びの宿る目。

それは他人の不幸に喜悦を覚えたときのムスタンシルの顔だ。

今はもう、ムスタンシルと剣を交えても負けるとは思わない。学問でもひけは取らないはずだ。

それでも、その狡猾で残忍な表情にアルマンスールは胸がざわめく。

「アルマンスール、今一度確認したいのだが、おまえは王の何だ」

いったい何が目的かわからないが、アルマンスールは当たり障りのない答えを探す。

「私はファティマナザの王弟です。それ以外の何者でもありません」

「王の何か?と聞いているのだ。おまえが『一応』王族なのは、変えようのない事実だ。それがファティマナザにとって意味があろうとなかろうとな」

口を開けば当てこすりしか言われないのは昔からだ。いちいち気にしていては身がもたないけれど、今は気になる。

まさか、王位継承者とでも言わせたいのか。

冗談でもそんなことを言えば、足を掬われる。周囲に人がいるときには特に慎重にしなければならない。

「……この間も申しました。良き王は民が決めるように、肩書きは自分が名乗るものではありません」

「なるほど、それも一理あるな」

アルマンスールの言葉をそのまま受け取ったさまを装ったムスタンシルは、笑みを深くしていっそう頬を歪ませた。

「それはつまり、おまえが王の何であるか、私が決めてもいいということだな」

肯定も否定もせずに、アルマンスールはムスタンシルの奇妙な笑いを見返し、奥にある意味を思案する。

「いいか、アルマンスール。おまえは私の犬だ」

ムスタンシルが下品に指を立てて、アルマンスールの胸元を指す。

「犬は、主人の命令に忠実でなければならない」

瞬きもせずにアルマンスールはムスタンシルの顔を見つめる。胸に忍び寄ってくる悪い予感にアルマンスールは腰の剣を意識した。

二人の間に流れる不穏な緊張感に辺りの空気が張り詰めた。

「そこでだ、アルマンスール」

余裕を見せつけるようにムスタンシルが軽く身を乗り出したとき広間の扉が開く。

「お連れしました、ムスタンシル王！」

衛兵の声にふと振り返り、アルマンスールは胸騒ぎが真実だったことを知る。

恭しくはあるが、兵士に腕を取られて広間に入ってきたのはロッカラーナだった。

金糸の縫い取りのほどこされた朱色のアンテリが黒髪に映え、冴え冴えとした美貌が際立つものの表情は硬い。

「……アルマンスールさま……」

ロッカラーナが、アルマンスールの顔を見て僅かにほっとしたように呟く。

「今日も美しいな、ロッカラーナ」

ムスタンシルが涎《よだれ》を垂らさんばかりの満面の笑みでロッカラーナを見下ろした。

ロッカラーナは無言のままで、それでも小腰を屈め、王に礼儀を表す。

だがここにロッカラーナが現れたことで、空気がいっそう危うくなる。

ロッカラーナがアルマンスールのもとにいる経緯を、ここにいる臣下たちは皆知っている。ムスタンシルはまたあの愚行を繰り返そうというのか——と誰もがいたたまれない思いに駆られた。

「ロッカラーナも来たので、ちょうどいい。さっきの話の続きをしよう、アルマンスール」

一人だけ機嫌よくムスタンシルは声を大きくする。

「おまえは私の犬、ファティマナザの飼い犬だ。それは王である私が決めたおまえの役割だ。犬は主人の言うことに従わなければならない」

ロッカラーナがアルマンスールの隣で身体を硬くした。

「聞いているのか？　アルマンスール」

「……聞いては、います」

だが納得はしていない。言外にその意味を込めるが、ムスタンシルはその小さな違いを斟酌《しんしゃく》しない。満足そうに先を続ける。

「ロッカラーナを私に返せ」

一瞬言葉が出ないアルマンスールにいたぶる顔で身を乗り出す。

「ロッカラーナは、この私ファティマナザの王ムスタンシルが、犬のおまえに与えた奴隷だ。王が返せと言ったらもうおまえのものではない」

やっと我に返ったアルマンスールは、一歩前に進み出る。

広間の空気の濃度が増し、誰もが呼吸を止めた。

「王――」

アルマンスールは決意を込めて呼びかける。

自分はムスタンシルの犬ではない。百歩譲って、その役割に甘んじたとしても、ロッカラーナは奴隷ではない。

人は物のようにやりとりされるものではない。

だがアルマンスールが口を開こうとしたとき、ロッカラーナが凜とした声を張った。

「それはできません、ムスタンシルさま」

ムスタンシルを見据えるロッカラーナには、怯えの色は微塵もない。

イドリーサンザから拉致されてきたときの彼女の姿を髣髴《ほうふつ》とさせた。

「先ほどから王が与えた役割とおっしゃっていますが、それならば、私はアルマンスールさまの奴隷です。それはムスタンシルさまが私に与えた役割ではありませんか。ならば私の主人はアルマンスールさま。私にこれからのことを命じる権利があるのも、アルマンスールさまだけです。私はアルマンスールさまだけのものですから」

迷いのないロッカラーナの言葉に、辺りの空気が僅かに弛む。だがムスタンシルはいっそう声を張り上げた。

「だから、それはもう終わりだ。私がいいと言ったら、それが法律だ、私はこの国の王なのだからな」

ロッカラーナの顔に鮮やかな血の色が昇る。燃える血の色が感じられるほど、彼女の体温が高くなっているのを側にいるアルマンスールは感じる。

「王が国の法律であっても、従うかどうかは民が決めること――これはイドリーサンザの王であった父のオルハンが常々申していた言葉です。私も心からそう思います」

胸を張り、背筋を伸ばして、ロッカラーナは亡き父の思慮深さを語る。

「ムスタンシルさまが国の法律であっても、私の身体を統べるのは私の意志。たとえ奴隷であっても、誇りや意志が消えるわけではありません。奴隷としての私は、生涯一人の人に仕えるのが誇りです」

凛とした気配が辺りを支配し、一国の王女として培われた矜持が、この広間の全てをロッカラーナの色に変える。

臣下たちの視線が無意識のうちにムスタンシルを責めるものに変わり、王の警備をする近衛兵たちは、恥の気持ちを思い出したように、視線を遠くへ流して王を見ない振りをした。

辺りの空気が全て、ムスタンシルから背いていく。

その気配を感じながら、アルマンスールの心は凪《な》いでいた。

自ら奴隷の地位を甘受し、アルマンスールを主人だと言い切ったロッカラーナに、アルマンスールはもう何も言えることはないと感じた。どんな立場にあっても、自分が王女であることを忘れない彼女に『自分は奴隷』と言わせてしまったのをアルマンスールは恥じた。

何を言っても、ロッカラーナ以上のことは言えない。

彼女の誇りと意志の強さ、揺るがない信念――そして裏に隠された優しさ。彼女の言葉が心にしみ、人の心を揺さぶるのは、美しい魂があるからだ。

ロッカラーナの言葉を通して、その穢れのない魂が溢れ出る。

アルマンスールはそれを包み込むようにロッカラーナに寄り添い、金色の玉座で無理難題を言うだけの、愚かなムスタンシルを見あげる。

四つの澄んだ瞳に見返されたムスタンシルはいきなり立ちあがると、手近にあった金の燭台《しょくだい》を投げつけた。

ロッカラーナに向かってきた燭台をアルマンスールが手の甲で払う。

「私に刃向かうとどうなるか、教えてやる！」

興奮のあまり口の端から沫《あわ》を噴き出して、ムスタンシルが喚《わめ》く。

居並ぶ臣下たちがあっけに取られるのを嘲《あざわら》うように、ムスタンシルは上から言葉を叩きつける。

「アルマンスール、おまえはすぐにフィラール国へセム族の討伐へ行け！　もうすでに戦況は悪化しているだろうが、卑しい女の腹から生まれた野良犬には良い場所だ」

ロッカラーナがアルマンスールの衣の袖をしっかりと摑むのを見て、ムスタンシルが睨みつける。

「果たしてアルマンスールは生きて戻れるか、賭けをしよう、ロッカラーナ。アルマンスールがこの世からいなくなれば、おまえの主人は私だ。そのときには、後宮でたっぷり可愛がってやろうか。それとも私に無礼を働いたかどで、裸でむち打ちをするか。どちらがいいか考えておけ。綺麗な声で夜通し私のために啼けば、王の小夜啼鳥《ナイチンゲール》にしてやらないでもないぞ！」

皆が呆然と立ちすくむ中、命令を下したムスタンシルは狂ったように高笑いを始めたのだった。

＊　＊　＊　＊

フィラール国への遠征を明日の朝に控え、全ての準備を終えたアルマンスールは、寝椅子に座ってロッカラーナを呼び寄せる。

「アルマンスールさま……私を、ムスタンシルさまに差し出してください」

アルマンスールが遠征を命じられて以降、もう何度目かわからない申し出をロッカラーナは口にした。

「その話はもうしないと言わなかったか。おまえはやはり頭が悪い」

笑っていなすアルマンスールにロッカラーナの唇が震えた。

一度はムスタンシルの命令をはねのけたものの、アルマンスールに下された命に、ロッカラーナは愕然とした。

自分がムスタンシルを挑発するようなことを言った報復をアルマンスールが受けることに、激しく後悔し、自分がムスタンシルに従うと何度も言った。

出征の前の日になっても、その思いは消えていない。

「私が思い上がっていました。ムスタンシルさまは仮にも王です。私の罪をアルマンスールさまが受ける必要はありません。私をムスタンシルさまに差し出してください」

　懇願するロッカラーナの頬を包み込み、アルマンスールは首を横に振る。

「もともとフィラールへの出兵支援を進言したのは俺だ。俺が行くのが筋でもある」

「……とても危険な戦だと……サラーフが言っていました」

　翠色の瞳がじわりと濡れる。

「もう少し早く行ければ良かったとは思っている。すでに戦況は抜き差しならない状態だろう。だがなんとかするしかないのも本当のことだ」

「どうしても……アルマンスールさまが行かなくてはならないのですか？」

　ロッカラーナらしくない気弱な口調に、アルマンスールは彼女の目を覗き込んで叱咤する。

「おまえの発言とは思えない勝手な言い草だ」

「……勝手？」

「そうだ。俺が行かなければ、他の誰かが行くことになる。おまえはそれでいいのか？自分さえ良ければそれで良いのか？」

　はっとする視線が逃げるのを追いかけて、アルマンスールはたたみかける。

「流れた民の血は、次の民の根を強くするといったのはおまえだ」

「……はい」

「俺は王弟だが、この国の民の一人だ。俺だけが特別ではない。俺が血を流せば、国がきっと強くなる――おまえの言葉によればそういうことだろう。命令だけでは人は動かせない」

「……アルマンスールさま」

唇を噛んだロッカラーナは潤ませた瞳の雫を必死にこらえる。

「申し訳ありません……私が間違っていました……私がただ勝手を……」

涙を呑み込む仕草の切なさに、アルマンスールはその頬を優しく撫でる。

「大丈夫だ、俺は死なない。俺を殺すのはおまえだからな」

アルマンスールの言葉に、ロッカラーナは苦しげに、それでも微笑む。

「そうです。忘れないでいてください……アルマンスールさま」

胸が引き絞られるほど切ない笑みに、アルマンスールはロッカラーナを胸に引き寄せる。

「しばらくは会えないだろう……だから、忘れないように、おまえのぬくもりを感じたい」

「少し離れていただけで忘れるおつもりですか？　アルマンスールは私を愚かとおっしゃいますが、アルマンスールさまこそ愚かです」

いつものロッカラーナらしい口調にアルマンスールは少しほっとして、華奢な身体を抱え上げた。

「おまえのその減らず口が当分聞けないのは、確かに寂しい」

笑いながらロッカラーナを寝室に誘った。

あの日、彼女を見たとき、何故か心が騒いだ。

いつか死ぬために生きる――薄紙を剥がすように、少しずつ命を捨てる日々を送っていたアルマンスールが、初めて熱い鼓動を意識した。

「ロッカラーナ……」

華奢な身体を寝台におろすと、すぐさま唇を合わせて、匂やかなロッカラーナの口中で舌を絡め取る。

舌の裏を舐め、顎の上を舌でくすぐると、ロッカラーナの口の中で甘い唾液が溢れた。

「……ぁ」

飲み込みきれない唾液が銀の糸になり、合わせた唇の間から零れて、ロッカラーナの白い喉を滑り落ちる。

アルマンスールは銀の糸を辿りながら、ロッカラーナの白い肌を指先で味わう。

初めて彼女を抱いたときのことを思えば、ロッカラーナが自分から身体を寄せてくるのが奇跡のようだと思う。

あんなふうに自分を犯した男を、どんな葛藤を経て彼女は受け入れてくれるのだろうか。

――あなたを殺すまで、私は死ねません。

追い詰められた獣が挑みかかる瞬間の、凛とした翠の瞳を忘れられない。

あのときの鋭く光る美しいロッカラーナの瞳は、今哀しい色をたたえても変わりなく美しい。

「後悔しなくていい……」

アルマンスールは翠の目を見つめ、濡れた眦《まなじり》を指で撫でた。

「おまえに哀しい顔は似合わない」

「私にだって哀しいことはあります」

きゅっと赤い唇を引き結ぶと、目に強気の輝きが戻る。

「わかっている……どれほどおまえが辛いのか……俺にもわかる」

ロッカラーナの薄い瞼を撫でて、アルマンスールはそっと唇で触れた。

「だが、俺はおまえの生き生きとした目が好きだ。俺を睨むその顔が好きだから……ただそれだけの理由だ」

「意地悪なことを……」

機嫌を損ねた声をつくったロッカラーナは、唇を震わせてアルマンスールを睨む振りをする。

媚びにもならない可愛らしい仕草に、アルマンスールの下腹が熱を持つ。

ロッカラーナの顔に触れていた指を這わせ細い身体の線をなぞっていく。

なだらかな首から流れ落ちる肩を辿り繊細な指の先まで、自分の指に覚えさせる。

鎖骨の窪みを味わった手を滑らせ、ロッカラーナの衣を剥いだ。

「……ぁ……」

やがて一糸まとわぬ姿にすると、寝台に差し込む月明かりに照らされて、銀色の稚魚《ちぎょ》に似た、初々しいロッカラーナの身体が浮かびあがった。

首にかけられたターコイズの首飾りが月の光を集めた雫のようで、なめらかな肌に艶やかに映る。

「……綺麗だ」

思わず感嘆が零れた。

ふっくらとした白い乳房を両手で包み、アルマンスールはその豊かな温かさを味わう。

両の手のひらに伝わってくる鼓動の確かさを感じながら、アルマンスールは小さな乳首に唇を寄せた。

息を吹きかけられただけで硬さを増した桜色の乳首に次は軽く歯を立てた。

「あ……」

恥じらって声を抑えるのは変わらないが、初めてのときに比べ、快感を覚えるのが早くなっている。

弾力のある乳首を何度も歯で甘噛みし、いっそう尖った頂点を舌で弾いた。

「んぁ……」

快感を逃すように白い肌がうねり、濡れた薄い下生えが月明かりに光る。脚の間からは、染まり始めた花びらが僅かに覗いていた。

美しくて、清廉で、そしてたまらなく淫らだ。

この女を食べたい。

全てを食べ尽くし、自分だけのものにしたい。

他の誰にも感じたことのない情熱と渇望を、ロッカラーナの肢体に感じる。

「ロッカラーナ——今宵は俺のものだ」

アルマンスールはロッカラーナの膝裏を思い切り掬い上げて、左右に割り広げた。

「……あ……いや……」

粘つく水音を立てて秘められた花びらが咲き開くとき、零れた蜜が糸を引き、ロッカラーナが小さく喘いだ。

窓から差し込む月の光だけでも、慎ましい花の奥が濡れて、芽が赤く膨らみ始めているのがくっきりと見える。

「あ——アルマンスールさま……こんな……いや……です……ぁ」

触れられてもいない身体の奥が、女として感じているのをあからさまにされロッカラーナの声が掠れる。

まだ大人の女の快感を知って間もないロッカラーナは、羞恥からの拒絶が男を煽ることを知らない。

幼さと色気とが混在したロッカラーナに、アルマンスールは理性が消えていきそうになる。

「今宵はおまえの言うことは聞かないと決めた。ロッカラーナ……俺に従え」

恥じらって抗うロッカラーナの身体を楽々と押さえ込んで、アルマンスールはロッカラーナの濡れた花園に唇を寄せた。

「赤く膨らんだおまえの花が、俺に食べられたがっている」

ロッカラーナが恥ずかしがるのを知っていても、今夜のアルマンスールは言葉でも彼女を可愛がりたいと思った。

この世でこれほど誇り高く、可愛らしい女はいない。その女が自分に美しい身体を委ねてくれる幸福にアルマンスールはいっそう昂ぶった。

「見ているだけで、いっそう赤くなってくる。おまえの花はとてつもなく淫らだな……」

「……恥ずかしいことおっしゃらないで……いや……意地悪です……」

首を横に振りながら両手でアルマンスールの頭を押しのけようとした手を軽く握って、寝台に縫い止める。

「本当にいやか？　嘘をつくと、あとで自分が困ることになるぞ……ロッカラーナ」

「本当に……いやです、いやです。——アルマンスールさま……ひどいことをなさらないで……ぁ」

腰を捩って逃れようとするロッカラーナにかまわず、アルマンスールは赤くぼってりと膨らんだ花びらに唇をつけた。

「あ——」

びくりと動く腰の動きを利用して、色づく花びらを舌で強く舐める。

「あ……ぁ、アルマンスールさま……ぁ」

ロッカラーナの声の抗いが弱まり、捩っていた腰の動きが止まる。

「はぁ……あ…ぁ……」

アルマンスールの舌の動きと一緒に洩れる声に、熱のある艶が混じり始める。

自分では気づかないのだろうが、アルマンスールの舌を求めるように、その細い腰が拙く突き出された。

意地っ張りな心とは裏腹の素直な身体がアルマンスールを煽り立てる。

零れ出す蜜でたっぷりと濡れ、いっそう色づいた花びらを舌先で寛げると、ねっとりした水音を立てて、花びらが左右に開く。

中の花芽は真っ赤に染まり、磨き上げられた珊瑚の珠のように蜜で妖しく光っている。

アルマンスールは、ロッカラーナの様子を窺いながら、その赤い珠の花芽を、時間をかけて舐めしゃぶった。

「ひ……ぁ――」

悲鳴のような声をあげ、ロッカラーナの身体の奥から蜜が零れ出し、ぐっしょりとシーツを濡らす。

「……ぁ……ぁ」

必死に声を殺すロッカラーナの白い下腹が波打つ。

そのたびに、奥の蜜口から溢れ出る蜜が月の光に煌めいた。

アルマンスールは舌先を蜜口に差し入れるようにして、蜜を舐め取ると、膨らんだ花芽に鼻をこすりつける。

「あ……やぁ……アルマンスールさま……もう……いやです」

懇願と否定を繰り返すロッカラーナの眦に涙が溜まる。

「どうしてだ？　おまえの花は俺の舌に甘い蜜を零しているぞ。やめていいのか？」

「……やっぱり、アルマンスールさまは意地悪です……」

自分の身体を理性で制御できなくなったロッカラーナが、アルマンスールの逞しい肩に爪を立てる。

「……感じすぎて……怖い……」

「いい声だ、ロッカラーナ」

泣き出しそうな瞼を撫でたあと、アルマンスールはその指で凝った乳首を摘んだ。指の腹で揉むようにこすると、ロッカラーナの蜜口からは、またさらにねっとりと蜜が零れる。

「……アルマンスールさま……」

解放された手で唇を押さえるロッカラーナを見つめながら、右手で花芽を擦り、左手で乳首を弄った。

「あ——や……」

指を噛んで、ロッカラーナは必死に声を殺す。

「お願い……私を見ないでください——アルマンスールさま」

身体を自由にされながら、ロッカラーナは訴える。

「せめて目を……閉じ……ぁ」

だがアルマンスールは、喜悦に染まるロッカラーナの顔を見つめたまま、わざと水音を立てて蜜口の襞を撫でた。

「声を聞かせろ、ロッカラーナ……おまえの声を聞きたい」

ひくひくと蠢く襞を中指で撫でながら、親指で花芽を剝き出しにしてくるくると撫でた。

同時に、もう片方の手で乳首を強く摘み上げる。

「あ——ぁ……アルマンスールさま……ぁ……や……そこは……いや……わからなくなるんです……ぁ」

白い喉を反らして、ロッカラーナは声を零す。

「わからなくなれ、ロッカラーナ。何もかも忘れて俺のために啼け」

ぐっと蜜口に指を入れて、蜜道の襞を押すとロッカラーナの身体が小刻みに痙攣した。

「あ……ぁ……はぁ……アルマンスールさま……ぁ」

口を開いたまま、ロッカラーナが小鳥のように啼きながらアルマンスールの名前を呼ぶ。

愛らしくて淫らな小鳥。

アルマンスールは蜜壷に指を入れたまま、花芽を唇で食んだ。

「ぁ……ぁ――」

もう遮るもののなくなったロッカラーナの鈴めいた声が、シーツに零れ落ちる。

「あ……や……ぁ、はぁ……」

ロッカラーナの足先がきゅっと丸まってシーツをたぐり寄せ、激しい快楽に翻弄されているのがわかった。

アルマンスールの指に蜜襞が絡まり痛いくらいに締め付けてくる。

一度指を抜き、アルマンスールはロッカラーナの脚を再び摑み、掬い上げる。

受け止めきれない快楽に怯えて閉じようとする脚を、アルマンスールはもう一度左右に大きく割り開きロッカラーナの満開の花を月明かりに浮かびあがらせた。

「いや……そんな……」

僅かに残った理性に縋って言葉だけで抗うロッカラーナの翠の瞳は熱に浮かされている。

淫らになってもロッカラーナは美しく清らかだ。

「おまえは淫らな聖女だ。身体の奥に妖しい花が咲いている」

囁いたアルマンスールは、ロッカラーナの花を月明かりに照らしたまま、指の腹で花芽を愛おしんだ。

「あ……ぁ、私……ぁ……」

音がするほどたっぷりと身体の奥から蜜が溢れ、白い身体を背中まで濡らす。

アルマンスールの視線の中で、花びらが淫らに蠢く。

「あ――アルマンスールさま。何故、今日は、こんなに長く……もう……私、お願いです……このままでは……あ」

かつてない執拗な愛撫に花びらも花芽も真っ赤に膨れて、ロッカラーナが激しい快楽に押し流されていくのがわかる。

「初めてのときにこうしてやりたかった。このまま俺に全てを見せたまま達け……淫らなおまえをこの目に焼き付けておきたい」

アルマンスールがもう一度花芽を擦りあげたとき、ロッカラーナは高い声で啼いた。

「あっ――アルマンスールさま。私、私――ぁ……！」

アルマンスールの目に全てを晒しながら、ロッカラーナの白い身体が絶頂にうねった。

銀の月明かりを浴びて快楽に溺れるロッカラーナは、熱く生きている。

「美しいな」

激しく痙攣するロッカラーナの身体を抱きしめたアルマンスールは、その後、己の服を素早く取り去るとそのまま蜜口に熱くなった雄を押し当てた。

愛液を零す蜜孔がアルマンスールの屹立を誘い込むように自分から開く。

「おまえはとても熱いな……ロッカラーナ。燃やされそうだ」

蕩けきった花筒に滾った雄を一気に穿つ。

花筒は、淫らにうねりながら屹立のすべてをしっとりと包み込んだ。

「アルマンスールさま……ぁ……ぁ……あなたこそ……熱い……」

腰を捩って、硬い屹立を甘い襞に絡めたロッカラーナが切れ切れに呻き、細い指がもっと深い快楽を求めるようにアルマンスールの肩に爪を立てる。

切なく喘ぎ、腰を浮かせ、ロッカラーナは自分からねだった。

「もっと……きてください、アルマンスールさま……もっと奥まで……」

日頃の慎みは激しい喜悦の炎に燃え尽きている。

ロッカラーナは身体全体でアルマンスールを求めていた。

まるでアルマンスールの命を形にしようとでもいうように、ロッカラーナはかつてないほどに欲望を迸らせた。

彼女とは思えないほどみだりがわしい姿に、アルマンスールは熱い吐息を洩らすと、力強い抽送を始める。

「もっと……強く……してほしい……お願い……」

受け入れたアルマンスールの雄芯を喰い締めながら、ロッカラーナは小鳥みたいに囀《さえず》る。その懇願に、アルマンスールはその細腰を強く摑むと、大きく身体を動かして、さらに激しく腰を打ちつけ始めた。

「あ、あっ……！」

互いの交わる場所から漏れるぐちゅぐちゅという淫猥な音と、ロッカラーナの嬌声、そしてアルマンスールの掠れた吐息が寝室に満ちる。

「どうだ？　いいか？　ロッカラーナ」

激しい抽送のたびにアルマンスールの額から零れ落ちる汗が、ロッカラーナの白い肌を伝う。その汗の粒にもロッカラーナは敏感に反応した。

「あっ……気持ち…い…」

ロッカラーナの言葉と同時に、アルマンスールは一際強く腰を打ちつけ、最奥を抉った。

「ぁ、あ――っ！」

我を忘れた高く愛らしい声に、ロッカラーナの身体を貫いた雄がどくどくと脈を打ち、はちきれんばかりに膨らむ。

これまでアルマンスールは自分が生きているという感覚が薄かった。母を失ったあの日からずっと、ただ死ぬときを待っていたような気がする。けれど彼女の中にいる自分は、生きていると感じる。

温かいロッカラーナの身体に包まれ、アルマンスールは初めて生々しい欲望を味わった。生きていたい。

ロッカラーナを抱いていると不意にその願いに突き動かされた。

「……あなたは……生きていないように見えます……でも、私の中のあなたは熱い……」

まるでアルマンスールの心を読んだように。ロッカラーナが呟く。

背中に回ったロッカラーナの手が、命の在処《ありか》を確かめるように、肌をなで回した。

「強い……身体」

アルマンスールを身体に受け入れたまま、ロッカラーナは呻く。

「熱くて、強い背中……あなたが死ぬわけはありません」

「……そう思うか……」

「はい……私の中にいるあなたも、こうして触れている外のあなたも、誰より熱くて逞しい……はぁ」

唇の動きで、蜜に濡れた隘路が蠢きアルマンスールを締め付けた反動に、ロッカラーナが吐息を洩らす。

「アルマンスールさま……約束してください……」

顎をあげ、アルマンスールの頬に自分の頬を重ねて、ロッカラーナは訴える。

「何を？」

「……あなたの心も身も全部を私に……ください……」

「ロッカラーナ……」

熱く呻いたアルマンスールがこれ以上はないほど強く、ロッカラーナの蜜道を突き上げた。

「……あなたが生きていることを……教えてほしい……ぁ」

屹立がぐいぐいと蜜道を抉るのにあわせて、ロッカラーナの蜜壁がきゅっと甘く収縮する。

「ん――」

短い声を洩らしたアルマンスールが、命を刻む鼓動に合わせるように、いっそうロッカラーナの花筒を擦りあげた。

粘つく水音が二人の睦言の間に流れ、この世に二人しかいないように時が止まった。

「アルマンスールさま――ぁ！」

逞しい雄でぐりっと最奥を押し上げられ、ロッカラーナの花筒がぎゅっと締まり、白い背中が反り返った。

アルマンスールの命の形を覚え込むように、ロッカラーナの襞がアルマンスールの雄を包んで引き絞る。

「あなたを……行かせたくありません……」

赤く濡れた唇が喘ぐように訴えた。

「あなたは……私のものです……あ……」

「そうだ、俺の命はおまえのものだ」

答えたアルマンスールは、ロッカラーナの最奥をさらに深く抉る。

どれほど貪っても、アルマンスールの雄を優しく受け入れ包み込むロッカラーナの花筒は、まるで彼女そのものだ。

強く、柔らかく、そして激しい。

「必ず、戻ってくる。それまで俺の全てを忘れるな」

それに答えるかのように、ロッカラーナの膣はアルマンスールの猛った雄を引き絞り、唇は訴えるように開かれる。

「アルマンスールさま、約束です……忘れないで……」

肩に摑まっていた手が逞しい首に回り、アルマンスールを引き寄せると、ロッカラーナは三度目の激しい絶頂を迎える。

「ロッカラーナ……くっ……」

その強く切ない締め付けに、アルマンスールもまた、激しい熱をロッカラーナの最奥に叩きつけた。

先ほどまで貪っていたとは思えないほど静かに、アルマンスールはロッカラーナと寄り添っていた。

もう何も要らず、明日からのことも怖れるほどではない気がする。

心と身体が満たされる不思議な幸福感に浸りながら、アルマンスールはロッカラーナを抱き寄せる。

月明かりに浮かびあがるロッカラーナの白い胸をアルマンスールはそっと指で辿り、ターコイズの首飾りに触れた。

「これはイドリーサンザ特産のターコイズだな。原石のままなのは何か意味があるのか？」

熱に潤んだ目で見あげるロッカラーナは、どこか切なげな目をしながらも頷き、由来を打ち明ける。

柔らかい身体をアルマンスールに添わせて語るロッカラーナの両親との思い出話は愛情に満ちていて、王族として真っ当なものだった。

王と王妃だったロッカラーナの両親の愛は、アルマンスールが母のカザローナから受け取った愛とは違う。けれど残していく子に幸せになれと祈ったことに変わりはない。

「大切な人を邪《よこしま》な出来事で失った辛さは、どんなに長い年月が経っても消えはしない。だからこそ、その思い出も消えない」

これが最後かもしれないと心のどこかで思えば、アルマンスールは今まで口にできなかったことも言える気がした。

「月並みな言い方になるが、おまえの心の中には今でもおまえの父と母がいる。おまえが生きている限り、二人もまた生き続ける」

ロッカラーナに言いながら、アルマンスールは自分にもまた言い聞かせていた。

もし自分が戦場で命を落とせば、母の願いもまた終わりを迎えるのだと、ひしひしと感じる。

「アルマンスールさまも……心の中に誰かがいらっしゃるのですね……大切な方が……」

何故か子兎のように震える白い身体を抱きしめ、アルマンスールは囁く。

「おまえはどう思っているか知らないが、俺も人だ」

濡れたロッカラーナの髪を撫でて、アルマンスールは微笑んだ。

亡くなった母以外の女性を自分の心に住まわせることになった運命の不思議を感じる。

ロッカラーナを見たときに、その直向きさに心が揺れた。

あのときからきっと、ロッカラーナを愛することを定められていたに違いない。

死地に向かおうとしている自分が、心の中に愛しい者を住まわせていることが、幸せだと思える。それが生きる力になる予感がした。

だが微笑んだアルマンスールの顔を見て、ロッカラーナの瞼が涙をこらえるように痙攣した。

「アルマンスールさま……これを……」

視線を合わせたままロッカラーナは自分の首に腕を回し、ターコイズの首飾りを外した。

「私の代わりに側に置いてください」

ロッカラーナの真剣な目つきに、アルマンスールは首を差し出す。ロッカラーナが腕を伸ばしアルマンスールの首に、ターコイズの首飾りをそっとかけた。

ごつごつした原石を繋いだ首飾りは、ロッカラーナの肌でしっとりと温められて、アルマンスールの首にぴったりと添った。

「この首飾りと一緒に、父と母は私に生き方と生きる意味を教えてくれました。けれど、這いずってでも生きる強さは説かれませんでした。命を大事にすることを私に伝える前に、父も母もいなくなりました……私は……アルマンスールさま、あなたが生きることの価値と困難さを私に与えてくれました……あなたに会って、私は……新しい命を手に入れたのです」

「そうか……」

アルマンスールは首飾りをかけてくれたロッカラーナの指を取って口づけをする。

「おまえの親の代わりに俺が言おう。生きろ、何があっても、どんなことをしても生きろ。恥など生きていればいつか過去になる。それだけは本当だ」

瞼を強く閉じて涙を隠したロッカラーナが、アルマンスールの胸に頬を寄せる。

「私は生きて、ここであなたを待ちます。必ず戻ってきてください――あなたの命を奪う権利があるのは、あなたに命をもらった私だけです」

「ああ、……約束しよう」

最後までそんな言い方しかしないロッカラーナが心から愛しい。

「ロッカラーナ、俺を忘れるな。そうすればおまえの中で生きられる」

「まだあなたの全てを覚えていません。必ず、必ず、戻ってください――アルマンスールさま」

愛という言葉はなくても、ロッカラーナが自分を想ってくれていることが全身から伝わってくる。

何があっても、自分はロッカラーナの心の中で生きられる。

アルマンスールは白い身体を抱き、その幸福感を噛みしめた。

7　命と愛を手に入れるとき

「持ってきました、ロッカラーナさま！」

馬の飼い葉桶《おけ》に運んできた赤土と粘土を、サラーフは意気揚々とロッカラーナに見せる。

「ありがとう。じゃあ、始めましょう」

ロッカラーナは陶器の大鉢にサラーフが持ってきた土を入れて、水盤の水を注ぐと、手を使って練り始めた。

「僕がやります」

木綿《もめん》のカフタンの袖を捲って申し出たサラーフに土練りを任せ、ロッカラーナは水晶を掘りだして作った香水瓶《びん》の蓋を開ける。

「臭い！」

思わず土を練る手を止めて、サラーフが鼻に皺を寄せる。金の鳥籠の中でメルハがばたばたと羽音を立てて、不快な気分を伝えてきた。

「香水じゃないんですか？　いったい何が入っているんです、ロッカラーナさま」

「魚の絞り汁よ」

笑いながら、ロッカラーナはサラーフが練っている土の中にその汁を垂らす。

「腐ってませんか……？」

鼻をスンスン鳴らしながらもサラーフはせっせと土に魚の汁を練り込む。

「まだ腐ってはいないと思うけれど、そのうち腐るかもしれないわね。でも臭くないと意味がないのですもの」

目を丸くするサラーフに笑いかけたロッカラーナは、次に象牙の箱を開けて、アルマンスールから預かっている短剣を取り出した。

——大切な人を邪な出来事で失った辛さは、どんなに長い年月が経っても消えはしない。

——おまえはどう思っているか知らないが、俺も人だ。

彼が今でも心に住まわせている、愛しい女性「カザローナ」の短剣。それを自分にくれた彼の思いを受け取りたい。

アルマンスールを失うかもしれない思ったとき、ロッカラーナは自分が一番何を求めているかを知った。

イドリーサンザの安寧でもなく、ファティマナザの無事でもない、ただアルマンスールが自分のもとへ戻ってくれることを祈った。王女ではなく、一人の女として、アルマンスールの命だけは守りたい、そう狂おしく願った。

そう望んでしまう自分は王女として失格なのだろう。けれどロッカラーナは初めて、たった一人のことだけを全身で想う意味を知った。

アルマンスールを愛している。たとえ彼の中にもっと大切な人がいようとも、愛している——自分が愛した彼をつくったのが、カザローナという女性ならば、アルマンスールの心に住む人ごと愛していけばいい。

ロッカラーナはアルマンスールが生きてきた日々を思いながら、短剣を腕に当てる。

「ロッカラーナさま！」

サラーフが驚いて叫ぶのにかまわず、肌に薄く切り傷を作ったロッカラーナは、肌から零れる血を土の中に落とす。

自分の命が流れるこの血で、アルマンスールの帰還を祈る。

最後に豚の脂を混ぜ込むと、土は滑らかになったが、猛烈な臭気が部屋に立ちこめた。

「これって本当に使って大丈夫なんでしょうか？」

半信半疑という顔をするサラーフに、ロッカラーナは大きく頷く。

「ええ、別に毒ではないものばかりよ。土、お魚、豚肉、お水、どれも口に入れてもかまわないものだわ」

「でも魚はこの分だとすぐに腐ってしまいますよ……」

「そうね。ときどき作り替えましょう」

サラーフの心配をかわしながら、ロッカラーナは鉢を抱えて、着替えのために使っている部屋に入る。

模様のない黒いアンテリに着替え、装飾品も全て外した。

鏡を覗きながら、できあがった泥をまず顔に塗りつける。

いやな臭いで鼻が刺激され、生理的な涙が浮かぶのを振り切り、顔中に塗りつけた。そのあとは手の甲と首にもたっぷりとなすりつける。

衣に隠れていない皮膚には余すところなく泥を塗りつけた。

「できたわ」

刺激臭と皮膚からの不快感をこらえ、鏡を覗き込んでみると自分でもぎょっとした。

生乾きの赤い土がところどころ塊になって、美しいロッカラーナを奇妙な形相に変えている。よくよく近づいてみれば、ただの粘土質の土だとわかるだろうが、とても近寄りたくない風情だ。

臭気もあるので、おそらく誰も触れたりまじまじと確認したりはしないはずだ。

これなら大丈夫かもしれないと少し安堵しながら、ロッカラーナは黒いベールを深くかぶり、部屋を出た。

「どうかしら、サラーフ」

部屋の中をぱたぱたと忙しく片付けていたサラーフは、振り返って腰を抜かしかける。

「お、おお……お化け……じゃなくて、ロッカラーナさま……」

「良かった。具合が悪そうに見えるかしら」

「見えます……それ以外には見えません！」

こくこくと首を振るサラーフに、ロッカラーナは満足する。

アルマンスールがフィラールへセム族の討伐に出てから早々に、ムスタンシルはロッカラーナに手を出そうとしてきた。

『アルマンスールさまは生きて戻ります。私の主人はアルマンスールさまだけです』

約束が違うと拒んだロッカラーナに、一度は手を引いた。

だがいつまでもそれが通じる相手ではないだろう。同盟国を簡単に裏切る人間が、たかだか賭けと言って持ち出した女との約束を守るわけはない。

ロッカラーナは自分の身は自分で守らねばならないと知った。

——何があっても、どんなことをしても生きろ。恥など生きていればいつか過去になる。

アルマンスールが言ったあの言葉は、ロッカラーナに起きることを予期していたに違いない。

生きるためならばムスタンシルに従ってもいい。そんなことで自分を責めてはならないと、そう言いたかったに違いない。

けれどロッカラーナは、おめおめとムスタンシルに屈するつもりはない。相手が約束を反故にするなら、自分も謀をするだけだ。

ロッカラーナは流行病を装うことに決め、サラーフに土を集めさせた。

さすがにムスタンシルも、あからさまに病を得ている女に手を出したりはしないだろう。ああいう虚勢を張った男は小心と決まっている、何かあれば怖くて一番に逃げ出すはずだ。

「でも、お医者さまを呼ばれたらどうしますか？」

アルマンスールの信奉者で、今回の遠征に際しロッカラーナのことを直々に頼まれたというサラーフは、この宮殿で信頼できる唯一の人間だ。

ロッカラーナが「ムスタンシルさまに呼び出されて、アルマンスールさまのことをいろいろ言われるのが今は辛いので、籠もっていたい」と言うと、子どもなりに何かを察したようで、二つ返事で頼み事を聞いてくれた。

もっともサラーフだけではなくて、ムスタンシルの宮殿内の評価は最悪なところまで落ちている。

アルマンスールの進言を聞き入れずにフィラール国への援助をせず、戦況が悪化したところへ、アルマンスール自身を送り込んだ。しかもそれが深い考えからではなく、どう見ても「腹いせ」だ。

——一国の王のやることか？

——アルマンスールさまにもしものことがあれば、ファティマナザへも外敵が襲いかかってくるかもしれん。

——そうだな。漆黒のアスランの名前だけで敵を追い払えるぐらいだからな。いないとなれば……どうなるか。

——女にうつつを抜かし、我々をチェスの駒のように適当に動かす王など、王ではない。

——もうあんな無能な王はたくさんだ。

臣下がそっぽを向き、ムスタンシルは今や完全に孤立無援。自分だけがそれに気がついていない状態だ。

その雰囲気は当然サラーフたち子どもにも伝わり、サラーフは「早くアルマンスールさまがお戻りにならないと」と可愛い顔を心配そうに歪めている。

「……ファティマナザのお医者さまは有能だって、ロッカラーナさまもおっしゃいましたよね。すぐばれてしまわないですか」

ロッカラーナが病を装った顔を見ながら気遣ってくる。

「そうね。サラーフの言うとおりだわ。お医者さまには煎《せん》じ薬だけお願いしましょう」

泥が剝がれない程度に微笑んだロッカラーナは、サラーフを通じて「イドリーサンザ国特有の風土病」と噂を流させた。

他国の人間にはこの病の治し方はわからない、自分で治します、と宣言し、文字通りロッカラーナは部屋に籠もった。

昼も夜も暗くカーテンをおろし、臭気が籠もる部屋の中、燭台に蝋燭《ろうそく》をともして何かを祈るロッカラーナの異様なさまに誰もが怖れをなした。

直接の診察を望んだ医者も、寝台の天蓋からちらりと覗く、ほの暗い明かりに照らされたロッカラーナの爛《ただ》れた肌と、目を射る刺激臭に顔をしかめて逃げ出していく。

——ロッカラーナさまは、病気で頭までおかしくなったらしい。

——さすがに……いろいろありすぎた。しっかりした方だったが、ついに壊れてしまったのだろう。

ひそひそと、だが確実に噂が流れ、思い通りにならないことなど頭から追い出したいムスタンシルは、ロッカラーナの存在さえ忘れた振りをする。

そんな中、真実を知るサラーフだけが食事を運び、あれこれとロッカラーナの世話を焼く。

「アルマンスールさまはいつ頃お戻りなんでしょうか」

泥を塗ったままでも飲めるように、細い飲み口のカップに茶を注ぎながら、サラーフが言う。

「フィラールのほうが落ち着いたら戻っていらっしゃるでしょうけれど……」

ロッカラーナの返事もため息交じりになった。

「……ロッカラーナさま、お話ししておいたほうがいいと思うんですけど」

サラーフが妙に大人びた顔でロッカラーナを見る。

「何かしら？　まさか……アルマンスールさまに何か――」

息を詰まらせ、泥の下でも顔色を変えたロッカラーナに、サラーフは慌てて首を横に振る。

「アルマンスールさまのことはわかりません。そうじゃなくてムスタンシルさまのことです。危ないんじゃないかって……噂があります」

「ムスタンシルさまが、ご病気なの？」

「そっちの危ないじゃなくて、えっと、地位が危ない？って言うんですか。誰かが何か企んでいるんじゃないかって話が、すごいです」

サラーフは大人びた表情で眉を寄せる。城の中を動き回っているサラーフにはさまざま噂が耳に入っているのだろう。

ロッカラーナも聞き流すことはできない。

大国といえども、どこから崩れるかわからない。

父のオルハンは娘のロッカラーナから見ても、立派な王だったと信じている。それでも不満を抱く人間はいて、反旗をひるがえされた。ムスタンシルがあのまま無事でいられるわけがない。

この国は今から動乱の時代がくるのかもしれない。けれどせめて、アルマンスールが無事に戻ってほしい。

「……サラーフ」

波立つ心を抑えてロッカラーナはサラーフに向き合い、視線を合わせる。

「私の国、イドリーサンザも突然反乱が起きて今私がここにいるの。それは知っているでしょう」

サラーフが真剣な顔で頷く。

「いつどんなことが起きるかは誰にもわからないけれど、一つだけわかったことがあるの。それは、何があっても生きていくということ」

アルマンスールの声を思い出しながらロッカラーナは、サラーフに伝える。

「もし、宮殿で何かあったら、逃げなさい。卑怯だとか、自分だけ逃げていいのかなどと考えず、逃げなさい」

「……逃げるって……ロッカラーナさまは」

不安そうに揺れる黒い目をロッカラーナはじっと見つめた。

「私はアルマンスールさまにここで待つと約束したの。約束は破れないわ」

「じゃあ……僕もいます。だってアルマンスールさまに、ロッカラーナさまのお世話をすると約束しました」

「アルマンスールさまは、あなたに、私の頼みを聞くようにとおっしゃったのでしょう？それなら私の頼みを聞かなければ駄目よ」

少し厳しい声でロッカラーナは言い聞かせた。

「いい？　逃げるのよ」

「……はい……ロッカラーナさま」

「アルマンスールさまは絶対に戻ってくるわ。そうしたら、また城へ戻ってきなさい。いいわね」

「はい！」

元気を取り戻したサラーフは、大きな声で返事をした。

＊　＊　＊　＊

いくら部屋に籠もっていても、宮殿に立ちこめる不穏な空気は忍び込んでくる。

フィラールへ兵を率いていったアルマンスールはいまだ戻らず、王は自分の好き勝手に振る舞い、ますます事態を悪化させていた。

人心は離れ、目端の利く臣下は逃げ出すか、他国に情報を流し始め、列国がファティマナザの隙を虎視眈々と狙っている。

何かのきっかけがあれば、溜まっていた負の感情が弾けてしまうだろう。

たとえ何があってもここでアルマンスールを待つ気持ちは変わらない。ロッカラーナは常にアルマンスールから受け取った短剣を側に置き、心構えをする。

「僕も剣を習っておけば良かったです」

ひとときも気を抜かないロッカラーナの様子に、メルハの世話をしていたサラーフが残念そうな顔をした。

「そうしたら、ロッカラーナさまを少しはお守りできたのに……」

「そんなことはないわ。サラーフが側にいてくれるだけで私がどれほど心強いかわからないのよ。それにアルマンスールさまは剣が上手いことが自慢になるようではこの国は終わりだ、そうおっしゃっていたでしょう？」

ロッカラーナは、サラーフに微笑む。

「あのときはわからなかったけれど、アルマンスールさまは戦いのない国が望ましいとおっしゃりたかったのだと思うの。あなたのような子どもが剣を取らなくてすむ国がいいと考えていらっしゃるのよ」

ならば絶対に戻ってきて、アルマンスールが望む国をつくってほしい。

祈るように手を組んだとき、廊下からざわついた気配が流れてくる。

「何かしら？」

「……敵が攻めてきたとか、反乱が起こったとかでしょうか」

顔色を変えたサラーフを落ち着かせるため、ロッカラーナはこみあげてくる不安を抑えて静かな声を出そうと努める。

「こんなときは、些細なことで大げさな雰囲気になってしまうの。騒ぎ立てることが却って危ないことも多いわ。とりあえず扉の陰からでいいから様子を見てちょうだい――気をつけて」

小声で返事をしたサラーフは、忍び足で扉に近づき、そーっと扉を開けて廊下のほうへ頭をそっと覗かせた。

細く扉があいただけで、宮殿内のざわめきがいっそう強くなり、くぐもっていた声が言葉になる。

「……死……！」

「――戦死！」

ロッカラーナは胸の鼓動が大きく跳ね上がるのを感じて、服の上から胸を強く押さえた。

誰かが戦で命を落とした――それも宮殿中に触れ回られるような立場の人間。

まさか、あり得ない。その人の名前を知りたいのに、知りたくない気持ちがせめぎ合い、ロッカラーナは思わず耳を塞いだ。

だが宮殿の高い天井で反響する声は、何十にも膨らみ耳を塞ぐ指の間から入り込む。

「アルマンスール殿下が戦死！」

こちらを振り向いたサラーフの顔が真っ白に見える。唇も激しく震えている。

「……ロ……」

ロッカラーナの名前を呼びたいのだろうが、声が出ていない。

だがロッカラーナもそれに答えてやることができない。気を失わないでいるのがやっとだった。

アルマンスールが死んだ――ロッカラーナを置いて。

そんなことがあるはずがない――。

私はまだ、あなたの全てを覚えていません――！

衣の上から心臓の上の左の乳房をきつく掴んだロッカラーナは、遠いアルマンスールに向かって呼びかけた。


アルマンスールを失ったファティマナザは雪崩《なだれ》を起こしたように崩壊していく。

何もかもが悪いほうへと流れ、今までため込んでいた不平不満が噴き出す。

混乱の中、アルマンスールが思い通りに死んだことで快哉《かいさい》を叫んだのは、ムスタンシル一人だった。

「犬が一匹死んだところで、何を嘆く必要がある。私の手を噛んだ犬などもう要らぬわ！」

アルマンスールの不在が、ファティマナザの国防にどれほど打撃を与えているか気がつかないのか。それとも知らない振りをしているだけなのか。

いずれにしても、私怨にまみれた王の姿はいっそうの侮蔑を呼び、王の味方どころかファティマナザを守ろうとする者さえ失いつつあった。

もしムスタンシルに少しでも国を守る気持ちがあれば、アルマンスールの死を隠しただろう。もしくは、遠い戦地のことだからと皆を宥め、その真偽を確認している振りをしたはずだ。

ムスタンシルが思うよりはるかに、漆黒アスランの異名は有名だ。その楯《たて》を失ったファティマナザがどれほど危険な状態か、理解しようとしないことがもどかしい。

もしかしたら本当に、ファティマナザへの侵略を考えている他国が流した偽情報かもしれないのだ。ムスタンシルの対応一つで、アルマンスールを生き返らせることができる。だが王自らが嬉々としてアルマンスールの死を受け入れたことと、彼が戦況厳しい地へ行かされたということだけが記憶に残り、報告を真実にする。

――早く逃げたほうがいい……ファティマナザはもう駄目だ。

――夜に乗じて、獣はいるが山を越えるのがいい。

――獣より怖ろしいものが、やがてファティマナザを食いにくる。

かつてムスタンシル王に媚び、甘い汁を吸った輩から、我先にと逃げ出した。己のことしか考えない王のもとには、同じような人間しかいなかった。

日一日と、ささくれ立ち、慌ただしい雰囲気になっていく宮殿の一室で、ロッカラーナは肌でその気配を感じ、覚悟を決めた。

ファティマナザの崩壊は近い――けれど自分はここに残る。イドリーサンザのためでもなく、王女の義務でもなく。ただ一人の女として、アルマンスールを待つ。

アルマンスールの戦死の報告を聞いたときは、身体中が冷たくなった。

一瞬希望の全てが消え、何故ここにいるのかと思った。

けれど、自分が信じなくて誰がアルマンスールの生存を信じるのか。彼は戻ると言った。その誓いは自分の命が尽きるまで信じていよう。自分が生きている限り、アルマンスールもまた、心の中で生き続ける。

だが、ロッカラーナの悪い予感は当たり、内部から手引きをされた他国の兵がファティマナザに攻め入るのに時間はかからなかった。

異常を伝えに部屋に飛び込んできたサラーフがロッカラーナの手を掴む。

「ロッカラーナさま！　逃げましょう！　お城が、危ないかもしれません！　兵士の一団が侵入して来ています」

「知らせてくれてありがとう、サラーフ」

自分の袖を摑んだサラーフの手を取り、ロッカラーナは用意していた金をその手に握らせた。

「これを持って、宮殿から逃げなさい。できるだけ遠くへ行くのよ」

「ロッカラーナさま。一緒に行きましょう。行かなくちゃ駄目です！」

さらに懇願するサラーフに、ロッカラーナは迷いのない口調で言い聞かせる。

「あなたは逃げなさい。約束したでしょう。もし途中で、あなたと文字を学んだ子どもたちを見つけられたらみんなも連れて一緒にお逃げなさい。私はここでアルマンスールさまを待ちます」

「……ロッカラーナさま……アルマンスールさまはもう……」

言葉を濁すサラーフを、ロッカラーナは自信に溢れた目で見返す。

「あの方は約束を破る方ではありません。必ずお会いできます。あの方がここに戻ってきたとき、約束どおりお迎えしなければなりません」

「ロッカラーナさま……」

「私が約束を破ったら、アルマンスールさまも、ここに戻るという約束を果たせなくなります」

凜とした声で言い切ったロッカラーナに、サラーフはぐっと唇を嚙んで、涙を堪える表情になる。だが大人びた顔つきになったサラーフは、泥で汚したロッカラーナの手を強く一度握った。

「僕、みんなと一緒に必ず戻ってきます。約束です！」

「わかったわ。気をつけて！」

扉から出ていったサラーフの足音が消えるまで、ロッカラーナは耳を澄まし、彼の無事を祈った。

それから窓を細く開け、鳥籠の扉を開き、メルハを連れて行く。

「さあ、行きなさい、メルハ。おまえもこの城にいては危ないの。おまえには羽があるから、安全なところへお行きなさい。生きていたらきっと会えるわ」

「ロッカラーナ……コンニチハ……ロッカラーナ」

離れがたいように呟いて、ロッカラーナの泥で汚れた頬に一度嘴をつけたメルハは、それでも飼い主の命令の意味を察したように、高く一声鳴いて窓から飛び出す。

「メルハ……」

誰も彼もが自分の周りからいなくなる寂しさと不安でこみあげてきた涙を、両手の拳を握って堪える。

とりあえず自分が守るべき命は守った——落ち着きを取り戻したロッカラーナは、寝室に入り、床に跪いて短剣を置いた。

アルマンスールの出征前、彼に剣の使い方を習った。

――下手なままでいてほしかったが。

気鬱を笑いで紛らわせ、ロッカラーナの手を取って教えてくれた。

何かあれば役に立つだろう。ロッカラーナはアルマンスールから渡された短剣を傍らから離さないでいた。

「アルマンスールさま、ずっとお待ちしています」

手を組み合わせ、一心に祈った。

宮殿内の物音も聞こえなくなるほど心を込め、ロッカラーナはアルマンスールを想う。

彼が死ぬなどあり得ない。

アルマンスールが死ぬのは、ロッカラーナの腕の中と決まっている。

彼の命はロッカラーナのものだ。誰にも渡さない――。

そのときだった。部屋の扉が乱暴に開かれる音がした。

「アルマンスールさま！」

皆がロッカラーナの奇妙な病を怖れて近づかない今、怖れもなく入ってくるのはアルマンスールしかいない。

ロッカラーナはすぐさま寝室から飛び出した。

「アルマン――」

しかし、そこにいたのは、待ち望んでいた相手ではなかった。

艶紅色《つやべに》のカフタンをまとったムスタンシルが、酒に酔った態のように乱れた足取りでこちらに向かってくる。

「ムスタンシルさま――いったい――」

「匿《かくま》え……」

呻いたムスタンシルは、ロッカラーナの黒いカフタンの袖をひっつかむと、引きずって寝室へ入った。

「ムスタンシルさま、いったいどういうことですか？」

ロッカラーナの問いかけに答えず、「臭い……だが病気の女の部屋なら誰も入ってこないだろう」そう呟きながら寝台にあがり、天蓋から下がっている紗の幕を隙間もなくおろした。

「ムスタンシルさま、こんなところで隠れていてよろしいのですか？　皆の指揮を執らなければならないのではありませんか」

「私を守るべき近衛兵は蜘蛛《くも》の子を散らすようにいなくなった。兵士は敵を防ぐので精一杯で私のことなど忘れている……何故だ……何故なのだ、王なのに……」

寝台に顔を伏せて、ムスタンシルがぶつぶつと呟くのが紗の幕を通して聞こえてくる。

「王を名乗ったからと言って、王になれるわけではありません。周囲があなたを王と認めていないのです。だから守る必要もないのでしょう」

静かなロッカラーナの声は、激しい怒りの声よりもムスタンシルの身体を震わせる。

「……う、うるさい……奴隷のくせに」

「あなたの奴隷ではありません」

間髪を容れずにロッカラーナは返す。

「もし私を奴隷だと思っているならそれでもかまいません。ですが、奴隷に匿ってもらうとは最後まで情けないことですわね」

「黙れ！　ロッカラーナ」

最後は王の威厳のつもりなのか、顔をあげてロッカラーナを一喝した。

腹から出た声が響き渡ると、扉の辺りで人声がする。

「男の声だ……ムスタンシル王か？」

兵士の囁き合う声に、ムスタンシルが寝台から這い出て、ロッカラーナの腕を摑んで、扉まで引きずっていく。

「おまえが出ろ。ここに誰が来ても、私のことは言うな」

「お約束はできません」

きっぱりと答える。

「むしろムスタンシルさまが捕虜になれば、戦いが終わるのではないですか？」

「馬鹿者！」

ムスタンシルが歯を剝き出しにして叫ぶ。

「そんなことをしたら、宮殿を取り囲み、街の外で控えている兵士たちが一斉に雪崩れ込んできて、捕獲と略奪を始めるぞ。赤子にいたるまで首を刎《は》ねられ、女は子どもでも犯される。そして最後は、死屍累々《ししるいるい》となった宮殿に火を放たれるのだ！」

描き出される地獄絵図にロッカラーナの体が凍る。

ファティマナザをほしければ宮殿に火を放つことはないだろうが、王が陥落すれば全ては敵のものだ。略奪陵辱の限りを尽くそうとも、敵側の思い一つだ。

ムスタンシルが言っていることはあながち大げさなことではない。

ロッカラーナの無言を理解だと察したムスタンシルがロッカラーナを寝室の隣りの部屋へ放り出す。

「兵が来たら間違いなく追い払え！　そうしたら、あとで良い思いをさせてやる。もしも私のことを言ったら寸刻《すんきざ》みにして殺してやるからな！」

呪詛《じゅそ》のような命令を吐いて、ムスタンシルは扉を閉めた。

自分が誰かの生殺与奪《せいさつよだつ》の権利を握り、他人を富ませることができるといまだに思っていることが、おかしくて哀れだ。もうムスタンシルには、なんの権力もないのに、最後まで愚かなことだと思いながら、ロッカラーナは兵士が入ってくるのを待った。

怖くないと言えば嘘になるが、立ち向かうことを決めたのは自分だ。

ムスタンシルのように逃げ出すことだけはすまいと、ロッカラーナはこちらに近づいてくる足音に耳を澄ます。

ぴたっと扉の前で足音が止まり、ロッカラーナは身体中のうぶ毛までそそける気がした。音を立て、勢いよく扉が蹴り開けられる。

鎖帷子の兵士が二人、部屋に乗り込んできて素早く剣を構えた。

薄暗い室内を見回し、蝋燭の明かりにゆらりと浮かびあがる黒いカフタンのロッカラーナを認めると、ぎょっとして身を引く。

「……病気か、女」

「はい」

橙色の炎に揺らめくロッカラーナの肌は、目まで射るような臭気と合わさって、怖ろしい者に見えたのだろう。

若い兵士たちが僅かに後ずさる。

だが落ち着き払ったロッカラーナの様子に、なんとか気を取り直し、もう一人がロッカラーナの喉元に剣を突きつけた。

「王を匿っていないか？」

「いいえ」

ムスタンシルのためではなく、ファティマナザ国のためにロッカラーナは否定する。

寝室に入れば王がいるのはすぐにわかることだし、騙しきれないが、時間を稼ぐつもりだった。

王の首が今討ち取られれば、宮殿内にいる者たちの逃げる時間が足りない。サラーフのような子どもたちの足では、まだ城内から出られていないかもしれない。

サラーフはなんとしても他の子たちを引きつれていくに違いない。その時間も必要だ。

僅かでも王の命を引き延ばさなければならない。ムスタンシルの命が一番大切なのが今このときであるのが皮肉だ。とはいえ、ムスタンシルの命をこれほど惜しむのはこれが最初で最後だ。

「私はこのような病で、人と会うことはできません。王がいらっしゃるような部屋ではないのです」

一言一言をゆっくりと、時間をかけてロッカラーナは唸るように話す。

王の前で詩を読み、人々を魅了した美しく豊かな声は、掠れてねじくれ、不吉なものに変わっている。

ロッカラーナの流行病を匂わす言葉に、兵士たちの顔が青くなり、彼女から距離を取り始める。

この部屋に籠もってから徐々に奪われていた力を全てかき集め、ロッカラーナは病人を装う。

絶対に守ってみせる。

自分が愛した命を、必ず守って、そして自分も生き延びる。

――生きろ、何があっても、どんなことをしても生きろ。

まるで側にいるかのようにアルマンスールの声が聞こえ、ロッカラーナに勇気をくれる。

「……本当か、女」

「はい。あなた様もこの部屋に長く留まらないほうがよろしいかと」

そこで、少年のような兵士のほうは部屋を飛び出してしまう。部屋の空気が洩れ出ることを警戒してか、しっかり扉を閉めていった。だが、辛うじて踏みとどまったもう一人は、腹に力を入れてロッカラーナに近づこうとする。

「……そんな病人を生かしておけば、他の兵士の禍になろう。すまんな、女」

怯えながらも自分の役目を果たそうとする兵士に恨みはない。

彼はただ自分が仕える王の命令に従っているだけだ。王が愚かなら民はそれに引きずられる。

――男だって剣を持たないですむほうがいいんだ。

あの言葉を言えたアルマンスールこそ、王になるべき人。

そのためにも今はこの場を乗り切らなければならない。

ロッカラーナは兵士を見あげて、首の泥を少しだけ剝がし、苦しげな顔を作る。

「この病にかかれば、皮膚が爛れてやがて剝がれます」

指先で泥をこわごわと摘んで、兵士に見せた。

「私の血はもう汚れています。あなたが私の血を浴びたら、あなたも間違いなくこうなります」

「……真か……」

うわずった声で尋ねる兵士に、ロッカラーナは頷く。

——何があっても、どんなことをしても生きろ。

最後の夜に抱きしめてくれた力強さとともに、アルマンスールの言葉がロッカラーナの全てを後押しする。

どうしても生きなければならない。その気持ちはきっと誰よりも強い。アルマンスールが見守ってくれる限り、きっと乗り切れるとロッカラーナは自分を信じた。

ロッカラーナは兵士の目をしっかりと見つめる。

「ここで嘘を言って何になりますか？　私はこの病で間もなく死ぬでしょう……今ここであなたに殺されてもそれほど惜しい命ではありません。ですがあなたは違います。ここで私の血を浴びれば、無事ではすみません」

兵士の顔がこれ以上ないほど青ざめていく。

「……っ……」

迷いと恐怖で兵士の額に脂汗が滲んでいた。

ロッカラーナは威圧するように、瞬きもせずに、兵士を見あげる。

長い緊張にロッカラーナも限界が近い。

アルマンスールさま、早く戻ってきてください。もう、私は——。

いっそこの兵士に斬り殺されたほうが楽になれるという誘惑に駆られた。だが身体の中から聞こえてくるアルマンスールの声が、自棄になるロッカラーナを押しとどめる。

——俺を忘れるな。そうすればおまえの中で生きられる。

自分が生きなければ、アルマンスールもまた失う。

ロッカラーナは瞳をあげて、じっと兵士を見返す。

「……なんだ……その目……」

死を目前にしながらも揺るがないロッカラーナに、理解できない恐怖を感じるのだろう、振り上げた剣がぶるぶると震え、狙いが定まらない。

「俺を、見るな！　女。そんな病をうつすな！　一人で死ね！」

兵士が喚いたときに、部屋の扉が凄まじい勢いで開く。

「ロッカラーナ！」

自分を呼ぶ声よりも先に、ロッカラーナは誰だかわかった。

力強く、迷いのない音と、扉の開いた瞬間に流れ込んできた眩しい輝き。

ロッカラーナの視界を光で満たしながら、泥にまみれた帷子を着たアルマンスールが飛び込んできた。

「なんと――ロッカラーナ！」

説明するより先に、一瞬で全てを把握したアルマンスールが兵士に向かって剣を閃《ひらめ》かせた。

血しぶきが飛び、アルマンスールの胸に降りかかる。

鬼のような形相のまま、アルマンスールは兵士を仕留め、ロッカラーナを腕に引き寄せた。

いい知れない安堵と、自分がやりきったことへの誇りがロッカラーナの身体に広がっていく。

「待たせたな、ロッカラーナ――王はどこだ？」

ロッカラーナの姿のことなどまったく気にせず、アルマンスールはロッカラーナの耳に唇を寄せて囁く。

「どこにもいない。後宮にもいない――城の外に出る時間はなかったろう。ここではないのか？」

勘良く尋ねるアルマンスールに、ロッカラーナは寝室を指さした。

「なるほど、王らしい隠れ場所だ」

ロッカラーナを片腕で抱いたまま、アルマンスールは寝室の扉を開けた。

「ムスタンシル王」

寝台の羽根布団に入り込み丸まっていたムスタンシルが、布団から顔を出し、アルマンスールの姿を認めて飛び起きた。

「アルマンスール！」

これまで聞いたことのない喜色に溢れた声をあげ、紗の幕から飛び出した。

「よく戻ってきたな、アルマンスール。おまえなら戻ってくると信じていたぞ」

卑しい笑みで媚びるムスタンシルを、アルマンスールは冷ややかに眺める。

「城の中は大変なことになっています。私が引き連れて戻った兵士が、身体を休めないまま、戦う羽目になりました」

「王のために戦うのだ。名誉であろう……あとで報償金を弾もう。酒も女もたっぷり与えると伝えておけ」

怒りで身体を震わせるロッカラーナを片腕で抱き、アルマンスールはゆっくりと血まみれの剣をムスタンシルの喉元に突きつける。

「おまえ……王に刃向かうつもりか！」

おののきながらも威厳を保とうとするムスタンシルに、アルマンスールは冷徹に宣告する。

「王位にあるから王なのではありません。民の役に立って、国を守ってこその王。臣下の生死を確かめもせず、国の混乱を治めようともしない。あなたはもう王ではありません。ファティマナザは私が責任を持って統治します。腹を決め、そのつもりで命を賭けて戻ってきたのです。ご安心を」

「――アルマンスール、何を！」

目を剝くムスタンシルの喉に剣を突きつけたまま、アルマンスールはロッカラーナの目を片手で塞いだ。

「アルマンスール……さま」

彼の決意が伝わってきて、ロッカラーナは息を詰めた。次の瞬間、アルマンスールの身体が動き、剣が振られたのをはっきりと感じた。

「ぐ――っ！」

ムスタンシルの濁った叫びが聞こえたとき、ロッカラーナは自分から瞼を覆うアルマンスールの手を外す。

一国の王を倒すというこの責任を、アルマンスールと共に引き受けようとして目を開く。

ムスタンシルの首筋から血しぶきが飛び、アルマンスールの鎧《よろい》を鮮血で染めた。

ごぼっと、血を吸い込む音を吐き、ムスタンシルの巨体が床に崩れ落ちる。

てしまう。

事切れた兄王を無言で眺めるアルマンスールの腕の中で、ロッカラーナはさすがに震え
「俺が怖いか、ロッカラーナ。容赦なく、血の繋がった兄を殺める俺を、人ではないと思うか」

ムスタンシルの亡骸《なきがら》を見据えたまま、アルマンスールが問いかける。

「いいえ」

身体の震えを抑え、ロッカラーナははっきりと答える。

「あなたは流した血の分だけ、強くなれる方です。あなたこそファティマナザの王に相応しい方だと、ずっと信じていました」

ゆっくりとロッカラーナのほうへ顔を向けたアルマンスールが、片手でロッカラーナの顔の泥を払う。

「王妃になるなら顔の泥ぐらい落とせ」

「え……？」

さすがに驚くと、悪戯が成功したようにアルマンスールが笑った。

「俺はファティマナザの王になるために戻ってきた。ならばおまえは王妃だ。違うか？」

すぐに返事ができないロッカラーナに、彼はたたみかける。

「俺の命はおまえだけのものだ。だから俺が生きている限りおまえは俺の側にいる。いい

な」

「はい」

今度は間髪を容れずに頷く。

「だったらもう少し綺麗にしろ。別に泥ぐらいでおまえの価値は変わらないが、他人がびっくりするだろう。おまえほど王の傍らに相応しい女はいない。俺と一緒にこの先を『生きる』んだ」

アルマンスールの口から出た「生きる」と言う言葉には、これまでとは違う希望が宿っているように感じた。

「はい……共に生きます」

ロッカラーナの胸に眩しい光が差し込む。

「あなたは生きて戻ると信じていました。過去もそしてこの先も、永遠に私はあなたのものです、アルマンスールさま」

近づいてきた唇に、ロッカラーナは自分から唇を押し当て、自らの言葉を誓いに変えた。

エピローグ

アルマンスールによって国に一応の平穏がもたらされたあと、国に残った臣下を集めたアルマンスールは、彼らの前で、自分が国王になることを宣言した。

身を挺して民のための国をつくると約束したアルマンスールの唯一の望みは、ロッカラーナを妻に迎えることだけだった。

出自だけではなくその気性や振る舞いも王族として申し分のないロッカラーナが、ファティマナザの王妃になることに異を唱える者はなかった。

実質的には王と王妃の役割を担う二人だが、ムスタンシルの治世で揺らいだ国が落ち着くまで、結婚式を挙げるのは待つと決めている。

不安続きだった国が少しでも明るい方向に向かっていることを示すため、結婚式の日には祭りを開き、民とともに新たな門出を祝いたい。

その思いで手を携え、はや三ヶ月。アルマンスールもロッカラーナも、毎日慌ただしく過ごしているが、夜だけは必ず、二人きりで過ごす濃密な時間を大切にしていた。

今宵もやっと二人になれた部屋、月明かりの中に浮かぶ寝台に横たわったロッカラーナの裸身を、シーツに広がる豊かな髪から桜色のつま先まで、絵を描くようにアルマンスールは手のひらで撫でた。

今は正式な許嫁となった愛しい男の手を全身に感じながら、ロッカラーナはフィラール出征の前夜のことを思い出す。

ロッカラーナの全てを記憶するかのように、アルマンスールはロッカラーナの身体を上から下まで指でなぞった。

身体の形を覚えるような指の動きだけで、はっきりとした愛撫を受ける以上に身体が熱くなり、アルマンスールに愛おしまれていることを肌で感じる。

「アルマンスールさま、くすぐったいですわ……」

あの夜のことを思い出して一人で昂ぶる自分が恥ずかしく、ロッカラーナは笑いで誤魔《ごま》化《か》す。

だがアルマンスールはロッカラーナの恥じらいをよそに、何度も白い身体を撫で擦る。

頬から始まり、なだらかな肩を撫で、手の先まで指を進ませる。薄い貝殻のような爪に触れ、アルマンスールはロッカラーナの手を持ち上げて、唇で噛んだ。

「しかし、あのときはおまえに何事もなくて良かった……こちらに戻って初めておまえを見たときは本当にどこか悪いのだと思った」

「いろいろありましたから……面倒を避けるにもあれが一番良い方法だと考えたのです」

今でも気遣う目をするアルマンスールに、ロッカラーナは微笑みかける。

「……おまえはときどき驚くほど大胆だ。いつもあとから、俺がひやひやすることになるな。これからはお手やわらかに願いたい」

苦笑をしながらロッカラーナの指を唇で愛するアルマンスールを見あげ、ふと尋ねたくなる。

「アルマンスールさま……もし、私が本当にあのような病を得ていたらどうされましたか？」

綺麗な身体でなくなれば、アルマンスールはもう大切にしてくれないのだろうか。

抱くことを厭《いと》うのだろうか。

考えても仕方のないことを思い、ロッカラーナは言葉にした。

だがロッカラーナの迷いに、アルマンスールはすぐに応える。

「俺の力を尽くして病の治せる医者を捜す」

丸く膨らんだ乳房を手のひらで覆い、アルマンスールは緩やかに揉む。

「それでもこの肌が元に戻らないときは、俺が毎夜抱いてその傷を癒やそう」

「アルマンスールさま……」

与えられた言葉に胸がいっぱいになったロッカラーナに、アルマンスールが口づけをくれる。

「おまえは確かに美しい……だがな、俺が一番美しいと思うのは、おまえの心だ」

乳房の頂に唇をつけてから、アルマンスールが囁く。

「向こう見ずなほど勇敢で、誇り高く、そして優しい、おまえの心が何より美しくて、愛おしい。おまえがどんな姿になろうと、おまえの心があれば、俺はそれでいい」

いい知れない喜びがロッカラーナの全身に広がっていく。

かつてイドリーサンザの翠玉と褒め称えられたときの無邪気な嬉しさとは違う。自分の力で手に入れた愛は、ロッカラーナに女性としての自信をくれる。

自分を認めてくれた男の首に触れて、ロッカラーナはそこに新しくできた傷を撫でた。

「もう痛まないのですか？」

激しい戦場でついた傷は深く、おそらくこのままひきつれとして残るだろう。こんな傷を負い、それでも生きて戻ってきたのは、奇跡のようだ。

「本当に無事で、良かった……」

もう痛まないと言われた傷に、そっと手を触れた。

「おまえの首飾りのおかげだ」

ロッカラーナの手を取ったアルマンスールが指先にキスをする。

戦場で背後から首を斬りつけられたときに、アルマンスール自身も兵士たちも皆が、アルマンスールの死を覚悟した。

だが敵の剣はロッカラーナのターコイズの首飾りを砕き、跳ね返っていた。

「あの戦の中の荒れ地では飛び散った石を一つも拾うことはできなかった……おまえの両親の形見なのにすまない」

ロッカラーナは首を横に振って、アルマンスールの首に腕を回す。

「父と母が私の大切な人を守ってくれたのだと思います。彼らが教えてくれたことを忘れなければ、それで良いと言ってくれるでしょう」

「……そうだな」

唇が重なり、舌を絡め合う。

アルマンスールの手がロッカラーナの乳房を握り、緩やかに愛撫する。

「……ぁ」

小さく声を洩らしたロッカラーナは自分もアルマンスールの下腹に手を伸ばした。

「……触るのか？」

喉の奥で笑ったアルマンスールに、カッと頬が熱くなるが、決意を込めて頷く。

「無理はするなよ」

もう一度頷いて、そろそろとアルマンスールの雄に指を這わせた。

「……熱い……」

「そうか？　おまえのほうが熱いと思うが」

ロッカラーナの首筋にキスをしながら、アルマンスールが言う。

キスが増えるたびに、手の中にあるアルマンスールの雄がびくんと血がうねり、硬くなっていく。

指先でおそるおそる雄を撫でると、ロッカラーナは自分の下腹がじんわりと熱くなってくるのを感じた。

「……ん……」

まだ触れられてもいない秘密の場所が濡れてきたことに驚いて思わずアルマンスールの雄から手を離し、脚をぎゅっと閉じた。

婚約者とはいえ、男性のものに触っただけで、身体が反応してしまったことがとても恥ずかしいことのような気がした。

頬が燃えるように熱い。アルマンスールに気がつかれるくらい赤くなっているかもしれない。

「どうした」

ロッカラーナの顔つきに驚いて、アルマンスールが覗き込む。

「何でもありません……大丈夫です」

「大丈夫という顔ではないぞ……男のものは気持ちが悪いか？」

喉の奥で笑うアルマンスールは、気にもしていないように、ロッカラーナの下腹を撫でる。

「ん……」

洩らした声の艶に、アルマンスールが「ああ……」と頷く。

「俺のものに触っただけで、感じていたのか。可愛いことだ」

そう言いながら優しく脚の間に指を入れた。

「……いや……です」

濡れたことを確かめられている気がして、ロッカラーナは懇願する。

「何もかもを許した男に感じることの何がいやなのか、俺にはさっぱりわからない」

今度は声に出して笑ったアルマンスールが、ロッカラーナの花を愛撫する。

けれどアルマンスールの指は花弁は辿るものの、花芽に触れずにいつまでも焦らす。

「……アルマンスールさま……」

もどかしい快楽は長すぎて、ロッカラーナはアルマンスールの肩に爪を立てた。

「感じるのが恥ずかしいんだろう？　遠慮しているんだ」

耳を噛んで笑われて、ロッカラーナは目を潤ませてアルマンスールを睨みあげた。

「そんな顔で睨んでも可愛いだけだぞ。普段のおまえは本当に怖い烈女《れつじょ》だが、閨のおまえは淫らで可愛い聖女だからな」

「……あなたは……最初から意地悪です」

花びらを撫でるだけで、花芽にも蜜口にも愛撫をくれないアルマンスールに、ロッカラーナは涙が零れそうになる。

「意地悪じゃないぞ。どこに触ってほしいか言えばいい」

「……アルマンスールさま……」

唇を震わせるロッカラーナにアルマンスールが軽いキスをする。

「将来の夫に恥ずかしがるな、言ってみろ。ロッカラーナ……俺は泣きそうなおまえも可愛いから、このままでもいいんだぞ」

「……もっと……触ってください……」

唇が震えた。

「どこをだ？」

「……もう少し上……も」

「ここか？」

アルマンスールの爪が微かに花芽を掠める。

「そこ……もっと、してください……あなたの指で触って……ぁ」

羞恥を忘れ、ロッカラーナは喘いだ。

褒めるみたいなキスが唇に落ちてきて、焦らされて膨れ上がった花芽が擦られる。

指の腹でくりくりとなで回され、爪の先で弾かれて、ロッカラーナは高く囀った。

「ふぁ……ぁ……アルマンスールさま……ぁぁ」

触れるたびに逞しくなっていくように思える肩に、ロッカラーナは爪を立てて縋り付く。

「アルマンスールさま……もう……きてください……」

名前を呼びながら引き寄せると、アルマンスールの雄がロッカラーナの花筒の中に深々と穿たれた。

「あ……ぁ……」

「ロッカラーナ……俺だけの王女だ」

アルマンスールがロッカラーナを身体の中から征服する。

祈るような気持ちで抱かれた夜が甦る。

あのときに覚えたアルマンスールの形を甘い襞で包み込み、ロッカラーナは本当にこの人が戻ってきたと感じられた。

締め付けた襞がアルマンスールの屹立のくびれまで味わい、蠢いて蜜を垂らす。

アルマンスールの雄が、身体の奥を突き上げるたびに、こらえきれずに甘い喘ぎが唇から零れる。

「はぁ……ぁ……」

くちゅくちゅと濡れた媚肉の絡み合う濃密な音が寝室を埋め尽くす。

「ロッカラーナ……っ」

激しい律動を繰り返しながら、アルマンスールがこらえるような呻きを洩らす。ロッカラーナの蜜筒をみっちりと支配する雄がいっそう膨れ上がりながら濡れた蜜道を行き来する。

「アルマンスールさま……来てください……」

自分を抱く愛しい人を喜悦の頂点に導くために、ロッカラーナは腰を浮かせ、自らの花を引き絞った。

「く──っ」

花筒の中でさらに嵩を増した雄が、燃えるように熱くなり、ロッカラーナの最奥に飛沫《ひまつ》を注ぎ込む。

身体の奥で愛しい男を確かめながら溢れる愛の雫を全身で受け止めた。

ロッカラーナの全身にアルマンスールの命が染み渡る。

「アルマンスールさま……心から……愛しています」

自分の身体の中で果てた身体に思い切り腕を回し、ロッカラーナは逞しい身体を引き寄せる。

「今でもあなたの心の中に生きている方も一緒に、私はアルマンスールさまを愛していま
す」
　自分が出会う前に誰かを愛していただろうアルマンスールも愛している。
「俺の中？　誰のことだ？」
　汗に濡れたロッカラーナの長い髪を撫でながら、少し気怠そうに聞いてくる。
「カザローナさま……いただいた短剣にお名前が彫ってありました」
　アルマンスールの黒い目を見あげながら、ロッカラーナはずっと心に秘めていたことを
打ち明けた。
「……あなたが新月の夜に……大切な方を亡くされたのではないか……とずっと、そう
思っていました……私の父と母のように他人の手で……何故かそう思えてならなかったの
です」
　身体の奥を許し合った今が、この話をするのに相応しく思え、ロッカラーナは静かに
言った。
　長い間抱えていたわだかまりと、それを昇華《しょうか》した今の気持ちを打ち明けるロッカラーナ
を、アルマンスールはじっと見つめる。
「アルマンスールさま……怒っていないのなら、何か言ってください……」
　アルマンスールは、薄く息を吐いたあと、小さな声で促したロッカラーナの身体を包み

込むように抱きしめた。

「……おまえは、勇敢で、誇り高く、優しいだけではないな、とても賢い」

やはり自分の予測が当たっていたことにほっとすると同時に、カザローナという女性には敵わないという気持ちも抑えられない。

生きて側にいるのは自分だ。この先ずっとアルマンスールを支えていくのはロッカラーナだ。

ロッカラーナは自分を励ますように、アルマンスールの肌に隙間なく、自分の肌を寄せた。

「……カザローナさまは……優しい方でしたか？」

肌を寄せている胸の中に住み続ける女性のことをそっと尋ねた。

「ああ、優しかった。そして強かった。おまえとは違う意味でだがな」

アルマンスールが思い出すように遠い眼差しになる。

「おまえのように戦ったりはしなかったけれど、俺をどこまでも守ろうとした——命を投げ出して俺を守り、生きるようにと、それだけを願ってくれた」

腹の中から苦しみを吐き出すように、アルマンスールが深い息を吐く。それから、ロッカラーナへ視線を向けて、不意に微笑んだ。

「そんな顔をするな、ロッカラーナ。嫉妬してくれているのか？」

「い、いいえ……そのような……」

浅ましいようなもやもやした感情を見透かされた気がして、ロッカラーナは言葉に詰まる。

「すまない、意地悪をしたな。カザローナは俺の母の名前だ。新月の夜、俺はあの短剣で俺を守った母の血を浴びて、命を永らえた」

「――あ」

心臓がぎゅっと鷲掴みにされたような衝撃に、ロッカラーナは頭のてっぺんからつま先まで震えが走った。

――置いていかな……っ……。

――死ぬより生きるほうが難しい。

――自慢？　……いつか死ぬまで、どうやっても生き続けること……。

いまだに、母を亡くした夜の悪夢にうなされながらも、この人は自分を守ってくれた母との約束を守るために耐えてきたのだ。

両親を失い、他国で生きるロッカラーナの本当の哀しさも苦しさも、悔しさも一番わかっていてくれたのだ。

ロッカラーナはアルマンスールの首に縋って頬を重ねた。

「この先ずっと、新月の夜には私があなたの光になります。あなたを決して一人にしません」

　喉の奥でこみあげるものをこらえたような声をあげたアルマンスールが、ロッカラーナを抱えて半身を起こした。

「おまえの白い肌は、まるで月の光のようだ。おまえがいる限り新月の夜は巡ってこない。永遠に俺を照らしてくれ」

　向かい合わせに抱いたロッカラーナの胸に、アルマンスールが唇を寄せる。

　まだ名残の熱で張り詰めた乳房を両手で揉みしだき、硬く尖った乳房を噛んだ。

「あ……っ」

　瞼の裏に閃光が閃くような鋭い刺激に、ロッカラーナは喉を反らせる。さらさらと音を立てて、黒髪が背中に流れた。

　焦れたようにロッカラーナの黒髪を摑んだアルマンスールが、唇を合わせて、激しく吸い上げる。口中を犯し、喉の奥まで舌を差し入れた。

「……っ……」

　貪るような愛撫は一度絶頂を迎えた身体に残る熾火を掻き立て、たちまち蕩けさせる。

　ロッカラーナの花びらはぽってりと膨らみ、赤く濡れた花芽が顔を覗かせた。

　荒い息を吐いたアルマンスールが指で花芽を擦り、蜜口をぐるっと指の腹でなぞる。

「あ……ぁ……はぁ……」

二度目の熱が一気に身体を駆け巡りロッカラーナはろれつが回らなくなった。

「腰をあげろ、ロッカラーナ」

言われたとおりに腰を浮かせると、上半身をベッドに横たえたアルマンスールは細い腰を摑んで、勢いよく自分の雄を抉り入れた。

「あ——ぁ……」

ずくんと下腹が大きく波を打ち、ロッカラーナの身体はアルマンスールの腹の上で躍る。

「……はぁ……あ」

ロッカラーナの腰を押さえたまま、獲物を食らう獣のようにアルマンスールはロッカラーナの最奥を突き上げていく。

激しく求められて、気を失いそうな快感が蜜壺から身体の奥へと走り抜ける。

「あ……あ……」

花筒がアルマンスールの雄を締め付け、もっと奥へと咥え込んでいく。

「ロッカラーナ……っ」

二度目の法悦は同時に訪れ、長い時間二人に互いのこと以外を忘れさせた。

先ほどまでの熱情が嘘のように、アルマンスールはロッカラーナを静かに抱きしめてい

た。

「辛くないか？」

「いいえ……幸せです」

囁き返すと、アルマンスールの黒い目が微笑む。

美しいこの男がロッカラーナの王で、永遠の半身になる。

漆黒のアスランが、漆黒の髪を持つ王女とともに、ファティマナザのこれからを築いていく。

身体の中にこれ以上ないほどの愛を受け入れながら、ロッカラーナは自分からアルマンスールを抱きしめた。

「……愛しています。アルマンスールさま……一生あなたと生きていきます」

身体と言葉で愛を誓うロッカラーナを、アルマンスールが強く抱き返す。

「きっと俺のほうがもっとおまえを愛している。初めて会ったときから、俺はおまえを愛していた……会えて良かった、生きていて良かったと……やっと思えた」

「アルマンスールさま……私もお会いできて良かった。あなたに会うために私はこの国に来る運命だったのかもしれません……」

月明かりの中、二人は幸せな静寂と愛に満たされた。

けれどこれはほんのひとときだけなのを、ロッカラーナもアルマンスールも知っている。

明日からはまた、ファティマナザのためにやらなければならないことが山積みだ。

ロッカラーナの故国、イドリーサンザはアルマンスールの腹心の者に治めさせているが、遠からず二人揃って足を運ばなければならない。

「忙しいな……やることばかりだ」

「はい」

どこか満足そうに言うアルマンスールの胸に、ロッカラーナは頬を寄せる。

「でも今は休みましょう。明日の朝、サラーフが起こしに来るまでは、私たちだけの時間です」

「サラーフが起こしに来る前に、メルハが鳴くだろう」

青空の美しい朝、白い鳥は二人の部屋の窓辺に突然舞い戻ってきて、今は金の鳥籠で眠っている。

目を閉じたアルマンスールの健やかな寝息を聞いたあと、ロッカラーナも静かに目を閉じた。

自分が味わっているこの穏やかな幸せが全ての民に訪れるように、明日からまた精一杯力を尽くそう。未来の王妃として、アルマンスールにばかり任せてはいられない。

ロッカラーナも城に戻ってきた子どもたちの学校のことや、仕事の配分をしなければならない。

揺らいでいる他国との信頼関係を修復するために、ロッカラーナも王妃として安穏としてはいられない。

けれど、アルマンスールとならやれる。

父と母が教えてくれたことを、忘れずにいよう。

そして、アルマンスールの母が願った「どんなことをしても生きる」、ということの大切さを覚えていよう。

アルマンスールが与えてくれた愛が、ロッカラーナを強くする。自分もまたアルマンスールのこれまでの渇きを満たし零れるほど、この人を愛していく。

ロッカラーナは、勇気が漲るのを感じながら、愛する人の腕の中で温かな眠りについた。

了

あとがき

こんにちは。鳴海澪《なるみみお》と申します。

ソーニャ文庫さまから再び刊行する機会をいただけましたことを、とてもありがたく思っています。

今回のお話のイメージはオスマン帝国です。

一時は世界を征圧《せいあつ》するかもしれないと言われたオスマン帝国の、華やかにして陰謀渦巻く雰囲気をバックにお話を作ってみたい。漠然とですが以前からそう考えていました。帝国が栄華を極めていたころの壮麗な宮殿と財宝に、とりどりの衣装……と、頭の中に浮かぶ鮮やかなイメージにわくわくしながらとりかかりました。しかし当然のことですが、実際に形にしようとすると、思っていたようには進みません。

それでも、これまで温めてきたものを少しずつ形にしていく作業は、大変な分だけ楽しいものでもありました。その楽しさが少しでもお伝えできればうれしいです。

靄《もや》のように危ういプロットの段階から懇切丁寧にご指導くださいました担当さま、どうもありがとうございました。的確なアドバイスで私の思考をきっちりとした形に導き出してくださり、本作が無事完成したのは担当さまのお陰と、心から感謝いたします。また、今回の刊行に携わってくださった全ての方々にも、この場を借りてお礼を申し上げます。
誇り高い王女を美しく、ときに愛らしく描いてくださったshimura先生、お忙しい中を本当にありがとうございました。先生の描く男性の端正な筋肉に一目惚れしておりましたので、ヒーローのさまざまな姿にうっとりし、こんなヒーローに愛されるヒロインはなんて幸せだろうと思いました。重ねてお礼申し上げます。
そして末筆にはなりましたが、何をおきましても、この本を手にしてくださった皆様には心からの感謝を捧げます。少しでも楽しんでいただけることを願いつつ、ご挨拶とさせていただきます。

なお、ロッカラーナがアルマンスールに請《こ》われて朗読《ろうどく》した詩は、トルコ遊牧民オグズ族の間で伝承されてきたという、「デデ・コルクトの書」英雄叙事詩から引用いたしましたことを申し添えておきます。

長々とお付き合いくださり、どうもありがとうございました。またいつかどこかでお目にかかれれば幸いです。

鳴海澪　拝

この本を読んでのご意見・ご感想をお待ちしております。

◆ あて先 ◆

〒101-0051
東京都千代田区神田神保町2-4-7 久月神田ビル7階
㈱イースト・プレス　ソーニャ文庫編集部
鳴海澪先生／shimura先生

新月《しんげつ》の契《ちぎ》り

2016年1月4日　第1刷発行

著　　者　鳴海澪《なるみみお》
イラスト　shimura《シムラ》
装　　丁　imagejack.inc
D　T　P　松井和彌
編集・発行人　安本千恵子
発　行　所　株式会社イースト・プレス
〒101-0051
東京都千代田区神田神保町2-4-7 久月神田ビル8階
TEL 03-5213-4700　　FAX 03-5213-4701
印　刷　所　中央精版印刷株式会社

ISBN 978-4-7816-9569-3
定価はカバーに表示してあります。

Sonya ソーニャ文庫の本

苦しいのは、おまえを愛したせいだ。

兄が王に毒を盛った罪で、共に捕らえられてしまった蓮花は、冷酷な若き王・真龍に後宮に閉じ込められてしまう。服従を強いられ、蹂躙される日々。だが、蓮花を支配しようとする真龍の胸には消えることのない悲しみが隠されていた。それに気づいた蓮花は――。

『龍王の寵花』 鳴海澪

イラスト 上原た壱